緋彈的亞莉亞 XV
Aria the Scarlet Ammo
哿與銀冰
赤松中學

赤松中學

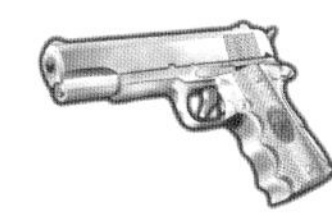

Contents

1彈　真空炸彈

——今天是聖誕節。

正常來講……應該是一邊看著熱鬧的電視節目，一邊吃蛋糕的日子才對。

然而，我卻是在一艘昏暗的油輪上進行著槍擊戰。

包圍在四周的，有狗頭（阿努比斯）、鳥頭（荷魯斯）跟鱷魚頭（索貝克）——一群外觀模仿埃及眾神的沙人偶。

究竟我的人生是在哪一個環節扣錯釦子了啊？

「我才想說好不容易跟藍幫做出一個了斷了，沒想到緊接著又是這種局面。不知道咱們倆有沒有辦法活著回去啊？」

「別瞧不起人了。哎呀，至少你的背後我會幫你守著啦。」

那顆扣錯的釦子——亞莉亞輕輕把她嬌小的背靠在我的背上。

——背靠背（Back-to-Back）。

這是當遇到敵人包圍的時候，互相守護同伴死角的一種隊形。

我們就這樣一路擊倒手握古老槍械與斧頭的沙人偶們，一路在甲板上前進。在海上強勁的夜風吹颳下，小心翼翼地跨越裸露在甲板上的管線。

沙人偶的數量相當多，不下四十或五十具。

但是……卻很弱。

它們動作單調，讓人覺得它們的智慧大概只有昆蟲程度而已。材料也只是單純的沙子。

跟這些比起來，以前在賭場跟我們戰鬥過的那群鐵砂人偶還比較強呢。

以沙人偶來說的外觀造型也很隨便。它們之所以全身穿著納粹軍的野戰服，搞不好就是為了掩飾粗糙的外型。

「——亞莉亞，這些傢伙一定是在拖延我們的時間。還是快點突破它們吧。」

這艘蘇伊士極限型油輪——西瑪・哈里號正遭到劫船。

而凶手就是在船尾樓上隨風飄盪的卐字旗——納粹德國軍的殘黨，魔女連隊的卡羯。

擁有『厄水魔女』這個稱號的卡羯，打算利用這艘油輪進行一場恐怖攻擊。也就是將十五萬公噸的石油在港灣內流放、燃燒，奪去這塊土地——香港的氧氣。

這戰術可以說是納粹軍開發出來的大規模破壞武器——「真空炸彈」的修改版。

而我們就是為了阻止這件事情，做為突擊隊長搭乘這艘船上的。

這艘油輪預計會被設置在把香港南北切開的維多利亞港的西端。以航行速度推斷，我們的時限只有二十分鐘左右。

「金次，我們朝那棟建築物去。卡羯跟佩特拉就在那頂樓。」

亞莉亞用槍口指了一下位於油輪後方一棟像小公寓的建築物。

「為什麼妳會那樣想？」

「靠我的直覺。硬要說的話，就是因為這些傢伙的行動。雖然它們看起來在某種程度上有自律行動的能力，不過也未免從管路後方之類的死角出現得太多了。那簡直就像是有人在『俯瞰』著我們一樣呀。」

「……也就是說，有某個在俯瞰著我們的人，對它們發出指示嗎？」

「對，我就是想那樣說。」

亞莉亞這種事後才想出理由的優秀直覺——

「或許妳說對了。那棟建築物周圍的沙人偶確實守備莫名堅固啊。」

緊接著，我立刻就開槍擊倒幾具沙人偶，製造出突破線。

然後跟亞莉亞兩個人一起衝向船尾。

在我們的視野左右，分別是九龍半島與香港島五顏六色的燦爛夜景。在水面上來來往往的無數船隻，都慌張地躲避著這艘已經深入灣內的失控油輪。

我不經意地瞥眼看向船的左舷——

（那條蓋到一半的高速公路——我有印象啊。）

就是我們跟孫進行過一場飛車追逐戰的東區走廊。看來油輪已經要緩緩通過北角一帶——那些個性善良的居民們，還有院的家所在的北角了。

所謂的「油輪」並不只是普通的船隻，體積甚至會比隨便一艘航空母艦還要大，是一種像人工浮島一樣的巨大船隻。

而這艘西瑪‧哈里號的大小也將近有市區的一角那麼大，在甲板最後方綽綽有餘地矗立著一棟五層樓高的建築物。

在那棟大樓的入口附近——

有兩具沙人偶從土堆後方用納粹時代的通用機槍（ＭＧ42）朝我們掃射過來了。然而，它們不但距離很遠，子彈射擊得也一點都不集中。

「既然沒辦法好好瞄準目標，就不要用那種東西啦！」

一臉無奈的亞莉亞用雙槍擊倒那兩具沙人偶後，我們就躍身跳過回歸砂土的阿努比斯士兵，入侵到建築物內部。

屋內的陳設……感覺就像一棟樸素的商務旅館。

這裡應該是為了讓船員們在漫長的石油運送期間，可以住宿過夜的居住大樓吧？

在一片狼藉的屋內，看不到沙人偶的影子。樓梯上也是一樣。

看來對方這次並沒有使用即使在操縱者視野外也能自律行動的高性能沙人偶。

以前貞德曾經說過，香港是抗魔性很強的都市。或許在這裡，就算是卡羯的同夥——推測應該是沙人偶操縱者的砂礫魔女佩特拉，也沒辦法好好操縱魔術的樣子。

我們來到最上層，亞莉亞把看起來像操舵室的房門一腳踹開後——

在設置有高精密度GPS裝置、電子海圖、識別裝置等等儀器的寬敞房間深處——看到了。

穿著肌膚裸露的古代埃及服裝站在那裡的佩特拉……

以及相對地用納粹軍的黑色制服把全身都包起來的卡羯‧葛菈塞。

「——大海真是不錯，會讓妾身回想起還在伊‧U的時候呢。」

佩特拉面對我們已經瞄準她的手槍，眉毛卻動也不動一下，在指尖上旋轉著一顆水晶球。

「而我在那個伊‧U曾經教過理子跟昭昭，『遇到劫持的時候，自己也要乘上去』，所以我就猜想你們聽到這句話之後，一定也會傻傻跑來呀。而且連『不會全員都立刻過來』的預測也被我猜中了。」

在轉向我們的船長席上驕傲地擺著架子的卡羯，在黑色的魔女帽下露出笑臉。

「卡羯，佩特拉，妳們是聽誰說的？妳們的行動也未免太快了呀。」

聽到亞莉亞用白銀與漆黑的兩把Government分別瞄準兩位敵人，並劈頭說出口的第一句話——卡羯瞇起沒有用眼罩遮住的眼睛，奸笑了一下。

明明敵人就在眼前……我還是對亞莉亞的發言感到驚訝，忍不住回頭看向她。

難道亞莉亞的意思是說，在我們這些人當中——有間諜嗎？

「妳們原本應該是在西歐吧？如果沒有在接到藍幫的聯絡之前就提早進行移動，是不可能準備好這麼大費周章的攻擊行動才對。」

在亞莉亞發言的同時，我利用爆發模式下的腦袋大概計算出卡羯準備這次攻擊行動需要花上的天數——確實有點嫌太快了。

再加上，卡羯說過她為了這次的攻擊方法，跟上頭的人爭論過。如果不是在事前就掌握到巴斯克維爾小隊會進攻香港的情報，怎麼想都不可能趕得上啊。

「佩特拉，我聽理子說過，妳的占星術精確度好像只有百分之六十七吧？」

「……是百分之七十一。妾身也是天天都有在進步的。」

雖然佩特拉被亞莉亞一說，就不小心自己承認了……可是我想眷屬應該也不會光靠準確率只有七成的預測，就把兩名將領級的人物派到香港來吧？

換句話說——是情報走漏了。

也就是我們會「進攻香港」這項極為確實的情報。

「亞莉亞小妹妹呀，妳以為我們會乖乖承認『是某某人告訴我們的』嗎？」

「我才沒那麼想呢，這個納粹。所以我要逼妳們承認。金次，你去對付卡羯，我負責佩特拉。我要依照違反破壞行動防治法、船艦．器物毀損罪、暴力行為等等相關法令，以及違反航海法……還有，呃……總之還有其他雜七雜八的法令，開洞逮捕妳們！」

妳也稍微留點商量的餘地吧，亞莉亞……

雖然是這麼想啦，不過我也覺得這是沒辦法的事情。畢竟我們現在沒時間啊。

於是——我跟亞莉亞同時**轉向右側……**

——碰！碰碰碰！

對房間側面、通往陽臺的落地窗簾開槍了。

隨著「哐哐哐！」的窗戶破碎聲——在窗簾的另一側，有兩個人影朝樸素陽臺的左右兩邊散開、躲過了槍擊。

也就是真正的卡羯與佩特拉。

我是靠爆發模式下的洞察力發現了，在前方的兩個人其實是外觀精巧的沙人偶與厄水型。

雖然剛才卡羯讓我們看到了黑白雙色的厄水型，但她其實是假裝自己只能變出雙色，實際上卻可以變出彩色版啊。真是個狡猾的女人。

而佩特拉也是一樣，大概是為了集中精神在這具沙人偶身上……才會讓其他沙人偶兵團變得那麼粗糙的吧？

往前倒下、化為散沙的佩特拉沙人偶——或許是用星沙製造出來的——當中的一部分變成小規模的沙暴，「沙沙！」地撲向亞莉亞。

「——！」

亞莉亞為了不要讓沙子跑進眼睛而彎下身體，用背部擋住沙子——同時用連射的點四五ACP彈打爛窗簾。但是，在窗簾另一側——啪啪啪啪！

站在陽臺的佩特拉本人，卻用像衛星一樣飛繞在自己周圍的小盾牌擋下了子彈。

「齁齁齁！真不愧是夏洛克卿的血族。不過，妳已經被妾身的沙詛咒了呀。」

她將手背放在塗了口紅的嘴脣旁，愉快地大笑著。

「……？」

亞莉亞剛才擋下沙子的背部——不，是整個身體都冒出像煙一樣的東西了。

那現象——我在安蓓麗奴號上看過。

是從人體中抽出水分的、佩特拉的咒術……！

「……嗚……？吁……吁！吁……！」

「亞莉亞！」

當我準備趕過去拯救像小狗一樣吐出舌頭、氣喘吁吁地倒下的亞莉亞時……

在陽臺上，佩特拉的身邊——我看到卡羯正把礦泉水瓶中的水灌入口中。

（……那是！）

就在卡羯把水瓶從嘴邊移開的瞬間，我趕緊原地轉圈般跳開身體——

——啪唰唰唰！

從卡羯的口中朝我心臟射出來、像水槍一樣的攻擊，被我在千鈞一髮之際躲開了。

劃破防彈制服的水箭，在我背後的牆上開出了一個洞。就連牆壁中的鋼筋，都像起士一樣被削掉了一塊。

剛才那招是夏洛克以前對我使用過的水槍攻擊——利用超高壓把水發射出來的招式。雖然射程應該較短，不過因為質量較大，所以貫穿能力比步槍子彈還要高，就算是離了一點距離的東西，應該也能切斷。真要說起來，是比較像雷射的攻擊招式。

即使成功躲開攻擊，身體卻也同時失去平衡的我……

雖然沒有全身倒下，也還是不得不卸下舉槍姿勢，單腳跪到地上了。

「搞什麼，原來你知道這招呀？」

小聲嘀咕的卡羯把水瓶一丟，拔出了一把鍍金的魯格P08手槍。

接著將槍口瞄準我，與佩特拉一起攻進房內。

「……畢竟我有在伊．U『預習』過啊。」

雖然我這樣逞強著，但——

我還是來不及把亞莉亞救出來了。

佩特拉將亞莉亞頭上雙馬尾的其中一邊用力一扯，強行把她的身體拉起來……

「亞莉亞……！」

在爆發模式下會優先考慮女性安危的習性，讓我忍不住把注意力放到那邊而失算了。

卡羯朝全身都是破綻的我衝過來，「喀！」一聲把槍口抵在單腳跪地的我頭部、比額頭稍微高一點的地方。

「看～？我說得沒錯吧，佩特拉？只要妳把沙人偶設定得像廢物一樣，他們一定就會得意忘形地衝進來的。」

「唔，對妾身們而言，也很不喜歡在璃璃粒子濃密的夜晚戰鬥，不過看來這是正確的決定呢。」

把我跟亞莉亞逼到絕境的兩名魔女，互相交談著。

亞莉亞全身不斷冒出水蒸氣，但她還是緊咬著牙根……

死也不把手上的雙槍放開。

「喂～亞莉亞，妳差不多也該把槍放下了吧？妳喜歡這傢伙對吧？」

聽到卡羯調侃似的話語，亞莉亞痛苦地睜開眯細的雙眼……

「白……白痴……我……才沒……有……」

她雖然似乎想說些什麼，卻連話都講不太出來了。

「好～那我就對這傢伙處刑囉～？處決掉囉～？」

聽到卡羯繼續這樣說的亞莉亞，發抖的手指開始做出要把手槍丟掉的動作了。

——不可以啊，亞莉亞。

妳不可以把槍放手。

反正就算妳解除武裝，這傢伙還是會對我開槍的。

而我被開槍之後，接下來妳還是不得不繼續戰鬥啊。

「——亞莉亞。」

被槍口抵著頭的我，目不轉睛地凝視亞莉亞。

「別擔心，我不會死，亞莉亞也不會死。我……雖然已經不打算辭去武偵的身分，但我總有一天會成為普通的武偵給妳看。亞莉亞也會拯救妳的母親，拯救香苗小姐。我們兩人都還沒有完成自己該做的事，所以還不會死的。我們不可能死的啊。」

雖然這是我不經意脫口而出的話，不過還真教人懷念啊——這種滿是破綻的理論。

我永遠無法忘記，四月時被理子劫持的ＡＮＡ６００號班機。在那班飛機上，亞莉亞就是這樣激勵差點放棄一切的我啊。

所以這次要輪到我來激勵妳了。不要把槍丟掉，亞莉亞。

聽到我說的話，雖然卡羯跟佩特拉都不禁面面相覷——

不過亞莉亞似乎回想起遭到劫機時的事情，用力把槍重新握好了。

很好，亞莉亞，就是那樣。

雖然沒辦法把槍舉起來，不過那樣就行了。

只要還抱著戰鬥的意志，就依然還有勝利的可能性啊。

「——佩特拉，我不會把亞莉亞交給妳的。」

聽到我的話，亞莉亞變得面紅耳赤……佩特拉呆了一下……卡羯則是眉頭深鎖，更加用力地把槍口抵在我的頭上。

「哈！『我不會把亞莉亞交給妳』？還真熱情呀，多謝款待。做為謝禮，我就送你聖誕禮物——子彈一顆吧。愛炫耀的死情侶都要關到集中營！但是剛才那句臺詞已經讓你跳過這個步驟，確定要立刻槍斃啦！」

柳眉倒豎的卡羯，扣在扳機上的手指變得更加用力了。

「嗯……光是對頭部開槍，殺得死遠山金次嗎？」

佩特拉微微歪了一下頭，讓黃金項鍊發出清脆的聲響。

「我是聽過這傢伙可以空手接下子彈的謠言啦。但是，在**零距離**之下開槍的話，想接也沒辦法接了吧？」

卡羯臉上露出奸笑——將沒有握槍的那隻手直直伸向斜上方，做出納粹式的敬禮動作。

接著……

「Sieg Heil（勝利萬歲）！」

——扣下扳機了！

就在那個瞬間——

（零距離？那妳就錯了。）

我的世界變得幾乎靜止下來。

這是爆發模式讓我看到的『超級慢動作世界』——

將自己的體感時間一口氣拉長，讓世界呈現出宛如用超高感度攝影機拍攝出來的情景……至今為止，我都是在走一步算一步之下偶然使出來的招式。

不過就在剛才，我用『矛盾』擋下孫的雷射時——

我抓到了靠自己的意思使用這招的訣竅。

好啦，卡羯。

妳剛才說這狀況叫做「零距離射擊」，但是妳錯了。

就算妳把槍口緊緊貼在我的頭上，子彈跟我的距離依然不會是零。

在槍身中，從裝有子彈的膛室到槍口為止，還是有一段些微的距離。

就在子彈飛過槍管內的剎那之間——

（橘花、秋水——絕牢——櫻花、櫻花！）

我將從頸椎到尾骨的二十六塊骨頭，以及包覆這些骨頭的豎脊肌、頭夾肌、大小菱形肌全部同時動作。讓我的頭擺向與子彈相同的方向。

速度大約有時速一千一百公里。

這就是將全筋骨連動技——櫻花反向使用的減速防禦技，加上從靜止狀態下瞬間使用出來的橘花＋秋水。

為了防止衝擊波造成的自損，我將速度抑制在亞音速——剩下相對時速一二五公里的子彈雖然可以讓我石頭般的頭殼灑血，但不會貫穿頭蓋骨。

不只是這樣喔，卡羯？

我用單腳跪地的姿勢像車輪一樣原地空翻，使出將敵人的攻擊化為迴轉力道的絕牢。隨著身體帶動右腳使出櫻花——朝與上半身相反的方向連動施力，踢出亞音速的一腳——「碰——！」一聲把卡羯的黃金槍用力踢飛。

就這樣三百六十度空翻的我，接著——磅——！

在自己的大腦與頭蓋骨內側衝撞之前，用左腳再使出一記櫻花，用力踏在地板上。

在這樣的衝擊之下，頭蓋骨的位置就能配合腦袋的速度——不會引起腦震盪。

緊接著，在下一個瞬間，我的體感時間恢復原來的速度了。

碰磅————！

卡羯的手上與地板發出的衝擊聲，幾乎同時傳入我的耳中。支離破碎的魯格P08深深陷入天花板中，我腳下的水泥地板也出現了一個像隕石坑的痕跡。

擦過我頭殼的子彈穿破背後的窗玻璃，消失在屋外的空中。

乍看之下——

或許會覺得我是被子彈擊中，往正後方倒下了吧——如果只看到這一招前半段的話。

然而到了後半，子彈就不知道為什麼被我的頭彈開，飛向我背後的窗戶；卡羯的手槍不知道為什麼變得支離破碎，撞在天花板上；而我也不知道為什麼沒有倒下，在空中翻了一圈又落地……如此不可思議的景象，就在一瞬間發生了。

「……！」

手臂被撞高，變成雙手敬禮姿勢的卡羯……

「……看吧？」

嘆了一口氣的佩特拉……

「……！」

以及被囚禁的亞莉亞，都露出搞不清楚發生什麼事的表情。

我想也是啦。

雖然成功了是件好事，但其實連我自己也搞不太清楚剛才那招啊。

「呃……卡羯，雖然講這種話是彼此彼此，不過我們還是別在油輪上開槍吧？」

從頭上到鼻粱兩側流下一條血河的我，露出苦笑站起身子……

很好，看來我的頭蓋骨沒事，應該連裂痕都沒有吧？還好我的腦袋夠硬啊。

雖然血流得很嚴重，但頭皮本來就是破裂會大量出血的部位。我實際上受到的傷害並沒有外表看起來那麼誇張。

變得手無寸鐵的卡羯，壓著自己的右手，退到佩特拉身邊。

「哼！果然會這樣。」

「跟預料中的一樣呢。」

呃……可以請妳們不要把我的超人性能當成前提來戰鬥嗎？妳們不稍微驚訝一下的話，我表演起來也很沒勁啊。

就在這時——啪唰唰唰！

「！」

某個影子從窗外飛進來，衝向佩特拉抓住亞莉亞的手。

因此被放開的亞莉亞，身體也瞬間就停止冒出水蒸氣了。

雖然我很不懂超能力，但是靠視覺也明白了。是飛進來的那道影子，解除了亞莉亞身上的詛咒。

在屋內盤旋一圈後，又從窗戶飛出去的那個黑色物體是……

（蝙蝠——？）

在地板上滾到我身邊，站起身子的亞莉亞——「吁——呼——」地調整著呼吸。雖然她的秀髮凌亂，雙馬尾有點被解開，而且看起來相當口渴的樣子……不過性命上似乎沒有危險的樣子。

相對地，退到陽臺方向的卡羯與佩特拉則是——

比我們還要警戒窗外的狀況。

於是，我跟亞莉亞也轉頭看向窗外……

「……嗚……！」

一大群黑色的蝙蝠，混在夜空之中逼近而來了。聚在一起的樣子，簡直就像一團烏雲一樣。

而更引人注目的，是那群蝙蝠合力吊在下方的……

「——小金！我來助你一臂之力了！」

鞦韆上的白雪。

妳那飛行方式好像在昭和時代的魔法少女動畫中有出現過，現在看起來反而很新穎呢。話說，白雪，妳是那樣從藍幫城飛過來的嗎？妳不會覺得丟臉啊？

跟著一路衝過來的蝙蝠群，白雪她——唰！

用手壓著裙襬，從窗戶飛進屋內了。

接著在地板上翻滾受身後，彷彿要保護我們似地站在卡羯與佩特拉面前。

「——是哪一個人讓小金受傷的？」

聲音憤怒發抖的白雪，「鏘！」一聲從制服背後拔出色金殺女了。

接著在她身邊，蝙蝠們漸漸集結起來……

「那麼，另一個人就刺成串燒吧。」

變成手握三叉槍的希爾達了。

留在藍幫城的大家，優先把身為超能力者的這兩位送過來啦。

烈焰魔女白雪、紫電魔女希爾達——對上——厄水魔女卡羯、砂礫魔女佩特拉。

西瑪·哈里號的船長室內聚集了四名魔女，感覺就要展開一場像電影一樣的超能力大戰了。但是……

這時屋內已經開始瀰漫起濃霧與沙塵。

「煙霧……？妳們想逃嗎？」

聽到亞莉亞努力擠出來的聲音……

「白～痴，這叫戰略性推進啦。我也不想要因為缺氧而死呀。」

「齁齁齁！畢竟已經沒什麼時間了呀。」

卡羯與佩特拉在越來越濃的霧與沙塵中，漸漸變得看不清楚了。

就在屋內變得伸手不見五指的時候——啪唰！啪唰唰！

希爾達用已經徹底復活的翅膀吹散濃霧與沙塵——

但卡羯與希爾達早已從陽臺脫逃出去了。她們用沙子做成某種像紙飛機的滑翔翼，降落在距離一百公尺遠的甲板上、右舷邊緣。

等待在那裡的阿努比斯士兵們像抬神轎一樣，扛著兩個物體……

（……魚雷……！）

不對，那玩意我有看過。就跟伊．U時代的貞德乘坐的東西一樣，是奧爾庫斯──用超空蝕效應魚雷改裝而成的高速潛艇，而且有兩艘。

她們打算用那玩意脫逃出去嗎？從這艘油輪──從接下來將變成真空地獄的香港。

「溜得還真快！」

亞莉亞「鏘！鏘！」地讓雙槍重新上膛後，飛奔到陽臺。碰碰碰碰碰！

明明目標完全就在射程範圍外，她還是拚命射出點四五ACP彈。

從兩把Government射出來的十四發子彈──「鏘鏘鏘鏘鏘鏘鏘！」地發出一連串激烈的金屬撞擊聲，把其中一艘奧爾庫斯的螺旋槳破壞掉了。

見到這一幕的卡羯與佩特拉雖然表現出慌張的樣子，不過也很快便做出了對應。

被阿努比斯士兵抬起來的佩特拉坐進另一艘奧爾庫斯中，接著卡羯也坐進同一艘奧爾庫斯……碰！犧牲了幾具阿努比斯士兵，掀起沙塵煙幕。

然後──啪沙！

從飛揚的沙塵後方，傳來那群傢伙死守下來的奧爾庫斯下水入海的聲音。

「嗚……！」

咬牙切齒的亞莉亞或許不知道，奧爾庫斯其實也不是不能兩人乘坐的。只不過會像我跟白雪以前坐過的時候一樣，變得很擠就是了。

「啊～可惡！深水炸彈！誰去拿深水炸彈過來呀！」

亞莉亞說著像英國艦長被潛水艇惹怒似的臺詞，「碰！碰碰！」地用她自創的踱地法踱著陽臺的地板，幾乎都要把地板踏破了。

（……看來，已經追不上啦。讓她們逃掉了。）

我搖搖頭，把貝瑞塔收回槍套後……

從上空傳來螺旋槳的聲音。

於是我走到陽臺一看，是一臺水上飛機從藍幫城的方向飛過來了。

大概是為了避開從油輪冒出的瓦斯氣體，水上飛機飛得相當高——接著「啪！啪啪！」地在夜空中落下降落傘，數量有四個。

我靠爆發模式下的視力看到，那分別是理子、蕾姬、猴以及戴著眼鏡的昭昭——機孃。

（……這狀況反而會讓人覺得敵人的時間掌握相當巧妙啊。）

雖然我很感謝援軍到來，但是白雪她們抵達的時間——是亞莉亞已經被打倒，而我也被開槍之後。

理子她們抵達的時間，則是卡羯與佩特拉已經逃亡之後。

我們總是比敵人慢了一步。看來卡羯與佩特拉比我們更熟悉戰鬥啊。

理子等人避開沙人偶兵還在的甲板，降落在居住大樓的上方。

我讓白雪幫我治療頭部的傷勢，同時在操舵室與援軍會合後——

「我們到途中還是坐著快艇逆流過來的呢，然後在藍塘海峽換乘到水上飛機。我還以為可以再早個五分鐘過來，不過好像還是有點晚到了。欽欽沒事吧？」

理子看到船上與我們的樣子，心有不甘地說著。

「我沒事……猴怎麼了？我好像沒看到她啊。」

依序看向理子、蕾姬與機孃的我如此一問後……

「猴降落在甲板呦。沙人偶們想要進到這棟建築物，猴打算要阻止它們呢。」

聽到機孃這樣說，於是我從窗戶看向甲板——

在居住大樓前，猴正揮舞著青龍偃月刀，一具接一具地打倒沙人偶們。

或許是因為佩特拉現在可以在遠距離集中精神進行操縱的關係，沙人偶們的動作變得相當確實。它們很有組織性地展開行動，攻向這棟居住大樓。

「猴……！」

在我感到擔心的同時，身穿短版水手服戰鬥的猴「嘿啊啊啊啊！」的勇猛聲音傳了過來。

她何止是守護著這棟居住大樓，氣勢上甚至可以說是反攻回去啦。

「不要誤會呦。猴跟曹操參加戰鬥，才不是為了你們，是為了香港呢。我們現在，要先嘗試操舵呀！」

聽到機孃大叫，於是我們——決定把居住大樓的防守任務暫時交給猴負責，並分頭確認操舵機器的狀況。

——猴。

雖然妳平時總是很沒自信，表現得畏畏縮縮，不過到了緊要關頭還是很可靠嘛。妳的強度簡直就跟孫一樣了。

不過這也沒什麼好奇怪的。畢竟到剛才為止還是我強敵的孫……跟妳是一心同體。只要是孫能做到的事，猴也可以做到。重要的只是勇氣而已。另外——猴是一個為了大家，可以鼓起勇氣的女孩啊。

雖然操舵機器幾乎都被破壞了，不過機孃還是決定盡量想辦法進行修理。而在這段期間——

我們攻到甲板上，與猴一起全滅了沙人偶兵團。

現在敵人已經回歸砂土，與原本穿在身上的納粹德國軍服一起飄舞在四周。骷髏徽章掉落在各處，讓油輪變得像一艘幽靈船一樣。

就在白雪與理子攙扶著氣喘吁吁的猴時……

「——看來沒有簡單的辦法讓船停下來的呢。到處都被破壞得很徹底呀。」

不只是操舵室，連甲板下五層——引擎室也調查過的機孃，面露苦色地向我們報告著。

油輪現在已經突破了維多利亞港的正中央。

距離時限，不到十分鐘了。

「哎呀，我本來就覺得應該沒辦法簡單地讓它停下來啦。不過，我們也不能因為這樣就逃跑呀。又沒辦法讓全香港的人進行避難。有沒有人想到什麼方法？」

收起手槍的亞莉亞，額頭上流著汗水詢問大家。

於是理子環顧著廣大的甲板——

「卡羯在伊．U教過我，石油的流放要靠炸藥。也就是設置爆炸物，讓油輪底部產生數公尺長的龜裂——接著油輪本身的重量與下方的水壓就會讓船體裂開了。就像敲破生雞蛋一樣，裂成兩半。」

「做那種事情，不是會讓油輪爆炸嗎？」

聽到亞莉亞的提問，理子搖頭回答：

「為了不要變成那樣，所以要用專門的指向性炸藥筒。感覺就像把很長的對人地雷朝下方設置一樣。利用那東西從貨物艙的底部朝下方——也就是穿過船底與壓艙水箱，在接觸海水的那一側製造所需最小規模的爆炸。這樣一來，就算引爆也很快就會被海水熄滅，不會造成大爆炸。」

所謂的恐怖分子——就是在這種地方很下功夫啊。而且還很巧妙。

這下……沒轍了。我爆發模式下的腦袋也很明白，已經無計可施啦。

「可是，只剩十分鐘的話——要從這麼大一艘油輪中找出炸藥筒設置的地方，然後從油輪底部把它拆除掉……根本是強人所難呀。」

理子說完之後緊咬嘴唇，炸彈戰術的老鳥——機孃則是轉頭看向她。

機孃接著把黑色雙馬尾的其中一邊放到嘴邊，用中文不知道說了些什麼話。

看來她的馬尾中設置了通信裝置的樣子。

然後……

「——炸藥筒是利用感應油輪衝撞岸邊造成的衝擊來引爆的。就讓藍幫來幫忙爭取衝撞之前的時間吧。」

說罷，她又對著對講機說了些什麼話。

在機孃的視線前方——也就是油輪後方的海面上……可以看到一盞燈光。

是一艘高速艇正在追趕油輪。

不，不只是一艘。

在海浪的另一邊，出現了兩盞、三盞的燈光……漸漸增加為十盞、二十盞。

那些全部都是船隻。無數的船正朝著這艘失控油輪，疾馳在海面上。

藍幫的船團從維多利亞港的東側追上來了。多虧卡羯已經逃走的關係，海流似乎已經恢復了。

感覺很昂貴的遊艇、海上警察的警備艇、小型渡船、一路拋棄著貨物的貨船、漁船……根據航行速度，依序追上來了。

在最先趕到油輪旁的高速艇甲板上──

「──遠山先生！讓我們也來助你們一臂之力吧！」

是諸葛……！

諸葛靜幻用擴音器大叫著。

任隨身上的宮廷服隨風狂舞的諸葛，對我們敬禮後，轉身面向船團。

然後用中國話開始指揮。

接近到油輪旁的船隻們，一艘又一艘地丟出大小形狀參差不齊的手工帶鉤繩索。在幾次的嘗試失敗後，大家才成功把自己的船與油輪連接上──然後讓船減速，朝後方退去。

繩索繃緊的聲音「啪！啪！」地響起。

……他們在拉著油輪啊。

頂多只有數噸~數百噸的船隻們，合力向後方拖拉著這艘十五萬噸的巨大油輪──為了不要讓油輪衝撞維多利亞港的西岸。

雖然每一艘船的力量都很微弱，然而船隻不斷在增加數量。不到兩分鐘內，就出現超過五十艘的船了。

仔細一看，分別乘坐在三艘快艇上的昭昭們——也都在揮舞扇子，指揮著船隻們。

「——螞蟻擊敗大象！（中文發音）」

聽到諸葛的號令——成群的船隻們都發出「哦哦哦哦哦——！」的吶喊聲。

靠著諸葛的力量……好幾百人同時做出動作。

雖然講這種話很失禮，不過他們每一艘船實在都太小了，操舵的技巧也參差不齊。想當然，他們根本就沒有做過像這樣的拔河行動，甚至有船隻當場翻覆了。

不過，好幾百人、好幾千人集在一起——還是凝聚成了一股巨大的力量。

而動員著那上千民眾的，正是諸葛。

成千的力量，都願意聽從他的話語、為了他行動。這就叫領導人物的典範啊。

「——諸葛是在喊什麼？」

「就是『螞蟻可以贏過大象』吻。」

哈哈！原來如此。螞蟻雄兵群聚起來，也是可以擊倒大象的啊。既然如此——我們身為突擊隊長，身為擁有銳利牙齒的螞蟻，也來狠狠咬一口巨象的背吧。

在藍幫的人海戰術之下，我們成功讓油輪減速了……然而還是沒有辦法讓這相差懸殊的龐然大物完全停下來。油輪依然朝著西岸行進著。

「目測速度，二十一節。還剩十九分鐘吻，金此。十九分鐘過後，油輪就會撞上維多利亞港西北端——ＩＣＣ大廈的岸邊了。」

機孃重新計算出時限後，「踏踏踏……」地跑向甲板中央。於是我也跟上去，就看到白雪與希爾達手牽手，額頭上冒著汗水，徘徊在甲板上。

亞莉亞、理子、蕾姬與猴則是在一旁看著她們的樣子……

「——她們是在用超能力……探查炸藥筒的位置嗎？」

聽到我的詢問，蕾姬點了一下頭。

白雪與希爾達的手擺向同一個方向——接著兩人就朝那方向走了幾步。

我大致察覺出來了，這是……類似「狐狗狸（註１）」的占卜術吧？

「——在這裡、的下面。雖然、只是大概的位置……」

或許是因為太過集中精神的關係，睜開眼睛的白雪全身搖搖晃晃，被蕾姬攙扶住了。

「是第四油艙的中央油箱吧。」

理子說著，伸手扶住同樣搖搖晃晃的希爾達。

根據機孃的解釋，這艘油輪以格子狀分成第一到第七油艙，各自分別又分成右舷、中央與左舷三個油箱。隔板已經被卡羯她們打開，不管哪一處的船底裂開，石油

註１「狐狗狸（こっくりさん）」係日本的一種占卜術，類似華人世界的「碟仙」。

都會全部流出……

看來炸藥筒是被設置在正中央的樣子。

「白雪，希爾達，謝謝妳們——不過，我們要怎麼把沉在石油裡的東西找出來啊？」

聽到我看著手錶如此詢問，大家都不禁面面相覷。

經過精製的汽油透明度就已經很低了，原油更是像泥水一樣混濁不清。這樣別說是底部了，應該連油面下一點點的地方都看不到吧。

「穿潛水衣之類的東西，潛下去找。」

猴雖然如此提議，但是——

「不，氧氣瓶的氣壓計很快就會被石油分解掉的呦。」

機孃搖頭否定。

「那要怎麼潛下去呀？就算是金次，應該也沒辦法潛進去吧？」

亞莉亞，拜託妳把『應該』去掉好嗎？我絕對辦不到啊。皮膚會被溶解掉的。

就在我半瞇著眼睛瞪向亞莉亞的時候……

「——就用那個呢。」

機孃忽然伸手指向那位亞莉亞小姐剛才破壞掉螺旋槳的奧爾庫斯了。

本來奧爾庫斯就是機孃以前跟伊・U交流的時候開發出來的東西——因此她對那玩意的構造相當熟悉，知道那上面幾乎沒有會被石油侵蝕的零件。

機孃將奧爾庫斯的後尾部連接在油輪上配備的起重機吊鉤上……如此一來就可以靠起重機控制奧爾庫斯的上升與下降了。

她接著打開艙門，坐進奧爾庫斯中，確認電子儀器可以正常運作——

「奧爾庫斯裝有小型的作業用機械手臂，可以用那個把炸藥筒抓起來呦。」

雖然她講的方法聽起來就很困難，不過也沒時間猶豫了。

畢竟光是這個準備工作，就花掉了將近十分鐘的時間啦。

「我強調一下，炸藥筒的正確位置，就連我們也不清楚喔？我們探查到的只是『大概在這附近的下方』而已。妳打算要怎麼找？」

希爾達乾脆明瞭地對機孃提出我們大家都感到不安的疑慮。結果——

「……用機械手臂邊摸邊找。只能這樣了。所以要快一點。」

機孃把嘴巴彎成「ㄟ」型，如此回答。

「怎麼會……」

亞莉亞忍不住發出絕望的聲音。

……那種事情，根本是不可能辦到的。

只靠著『大概在這一帶』這種程度的情報，根本就是海底撈針嘛。

大家一路合力開闢到這裡的生路——

就在只差最後一步的時候，受挫了。

——但是……用不著大家開口拜託。

開闢最後一哩的任務，就是化不可能為可能的男人——

「我也坐進去吧，機嬢。我有個主意，讓我來搞定。」

——也就是我的工作吧。

沒時間了。我看了一下手錶，只剩下八分鐘。

於是我抓住奧爾庫斯的艙門，二話不說地把腳伸進艙內。

用機車來比喻的話，這姿勢就像是我坐在機嬢後方，雙人騎乘了。

在艙內……有德文書籍、ㄓ字符號的懷錶等等，看起來是卡羯的私人物品。奧爾庫斯原本有兩艘，看來這一艘是卡羯乘坐的。

因為空間太窄，讓我的上半身有點被擠出艙外，於是我想把機嬢稍微往前推一點，而把手伸向她的背——

結果機嬢剛好為了要關閉艙門，在我眼前站起身子……

「……！」

抓、抓到了。

機嬢、小巧的屁股。

左右雙手、各抓一邊……！好、好軟……！

「你、你、你在抓哪裡呀？在這種時候！要抓的是炸藥筒，不是昭昭的屁股呀！」

用力往後一踢，想要踹我下腹部的機孃——因為穿著像袴褲一樣的褲子，所以沒釀成大禍。好險啊，要是被踢到可是很痛的。

「你在做什麼呀，笨蛋金次！都已經沒時間了說！」

「小、金……？」

「哦哦哦！真不愧是欽欽！不管遇到什麼時候，都會發動幸運色鬼的能力呢！」

「………」

亞莉亞用二刀流的刀背「碰！碰！」敲打著我的頭，最後似乎是德拉古諾夫槍座的東西像打地鼠一樣狠狠敲了一下我的腦袋瓜，結果讓我總算進到艙內。

剛、剛才的這場意外，雖然讓我的爆發模式強化了……

不過妳們也別敲我的頭好嗎？雖然白雪幫我緊急治療過了，但是我剛才可是被開過一槍啊。

劫持油輪事件，最後的作戰——就是拆除炸藥筒。

進行這項任務的奧爾庫斯中，乘坐著我跟藍幫的機孃。

為了保護香港的人民，這真是名副其實不分敵我的瞬間啊。

……碰……

奧爾庫斯的艙門關閉起來。在一瞬間變暗的艙內，艙壁上顯示出外部攝影機拍攝到的畫面。感覺上就像是前方的一部分變成了透明玻璃一樣。

在艙外，已經可以清楚看到維多利亞港西端直衝天際的ＩＣＣ大廈了。

要是讓油輪撞到那下方的岸邊，一切就結束啦。

機孃讓螢幕上顯示出引爆為止的剩餘時間——還有六分五十二秒。

「半天周螢幕，機能正常。請打開石油抽出口。」

聲音聽起來（對我）還有點生氣的機孃，對艙內麥克風如此說完後……

『了解。要打開囉！』

承接了機孃那臺對講機的亞莉亞，用娃娃聲回應著。

在螢幕上，亞莉亞、白雪、蕾姬、猴與希爾達合力轉動閥門——

於是宛如大型人孔蓋的第四中央油艙的石油取出口漸漸打開了。

巨大的艙蓋豎立打開後，大家便趕緊離開。畢竟在油艙內可是充滿了有毒的石油揮發氣體與防爆氣體啊。

「從現在開始，即使是在艙外也嚴禁火燭囉。」

『我知道啦，這個色鬼。』

為什麼都到這時候了，還要叫我色鬼啊，亞莉亞。

『理子！可以吊起來了！』

亞莉亞大聲命令後，剛好來到油艙口正上方的起重機──「嘰、嘰嘰嘰」地在理子的操縱下，把奧爾庫斯吊起來了。

我跟機孃坐在座椅上，全身轉朝正下方。

接著，為了不要撞擊到油艙口的邊緣，起重機慎重地……緩緩地，讓奧爾庫斯下降到油艙中。

畢竟就算外表有經過塗裝，奧爾庫斯還是用金屬打造的。萬一不小心撞擊到而產生出火花的話──

一搖──碰磅！

「──！」

我跟機孃，以及在現場的所有人都不禁停止呼吸。

被強風一吹，奧爾庫斯撞到了石油抽出口的蓋子，而且相當用力。

不過……看、看來是沒事的樣子，並沒有產生火花。

然而……機孃卻看著顯示器，咂了一下舌頭。

在顯示器上的某一個數值漸漸掉落了。

「發生什麼故障了嗎？」

「故障又怎樣？也只能繼續下去啦。」

「妳說得對。」

一邊進行著這樣的對話……在奧爾庫斯艙內的我跟機孃，就這樣入侵到一片黑暗的石油油艙、毫無裝備的話，吸一口氣就會立刻昏倒的有毒氣體之中了。

『機孃，沒問題嗎？剛才的撞擊有沒有讓氣密室被打破了？』

聽到亞莉亞的聲音，機孃……閉口不答。於是……

「空氣很新鮮啦。」

我代替她回答了。

不管怎麼樣，我們都必須要潛入到這桶厄水的底部才行啊。

奧爾庫斯的前端觸碰到油面了。

隔著奧爾庫斯的外殼，我可以隱約感受到一種沉入黏質液體中的獨特壓力。

「……還真黏啊，這樣有辦法順利沉到底部嗎？」

「西瑪·哈里號載運的是印尼產的米納斯石油呦。那是一種蠟質石油，雖然黏度很高，但密度也較小。下沉力跟抵抗力剛好可以抵消，不用擔心呢。」

在機孃對我進行說明的時候，奧爾庫斯也在繩索操控下漸漸下沉著。

雖然有開照明燈，但艙外的視野距離還是連有沒有三十公分都不知道。

另外，在石油中……很熱。

大概是採油當地的熱度直接被封在油艙內了，搞不好有二十五度左右。

就在這時，外殼忽然發出「嘰……」的聲音，讓我皺了一下眉頭。於是機孃就——

「——奧爾庫斯是為了速度而犧牲耐壓性的乘坐物。本來的設計是把海水蒸發之後，讓氣泡包圍機體，在淺海航行的。並沒有設計成可以潛入下方呢。」

「在設計上……可以承受多少氣壓的壓力？」

「兩大氣壓。」

「現在呢？」

「……有二點三大氣壓。正常來說，油輪應該要保持石油的密度，可是這艘油輪為了讓石油洩放出來，一定有關掉調壓器呢。潛得越深，油壓就會越高呦。」

奧爾庫斯「碰……碰……」地撞擊了好幾次油艙內的補強梁柱。

雖然每撞一下都讓我忍不住擔心艙壁會被撞壞，不過最後總算……喀啦……原本面朝下方的我們，恢復到剛剛乘坐到艙內的角度。看來是抵達船底了。

「……」

然而，我們什麼都沒看到。至少在我們的視野範圍內，沒有什麼炸藥筒。

距離引爆時間，還有五分鐘再多一點。

機孃操縱著從奧爾庫斯前端伸出來的作業用機械手臂，在一片黑暗中摸索……不過好像沒有摸到東西的樣子。

「金此，怎麼辦……呢？」

我正要開口回答——卻莫名感到難以呼吸。

本來我以為是悶熱的關係，不過似乎並不是那樣。我甚至開始感到頭暈目眩了。

看到我揉著眼睛、深呼吸的樣子……機孃說道：

「……現在、奧爾庫斯裡面……是沒有氧氣、提供的狀態。一開始撞到的時候……那部分、呼、就壞掉、呼、了呦。」

這難以呼吸的感覺……原來是那個原因啊？奧爾庫斯的性能雖高，但卻相當脆弱呢。

我——在模糊的意識中努力集中精神，將右耳靠在右肩上，並且伸出右手觸碰奧爾庫斯的內壁。

接著，用左手……扣、扣、扣……

像潛水艇送出聲納一樣，很有規律地敲打艙壁。

（集中精神，注意回音……）

我將爆發模式下的注意力，全都放在聽覺上。

亞莉亞、白雪、希爾達、理子、蕾姬、猴、諸葛以及藍幫的眾人——通往生還的接力賽，在大家的合作下總算來到這一步了。

我必須要……完成最後一棒的任務……！

「……金、此……」

缺氧的狀況讓機孃的意識開始模糊起來。

我也因為悶熱的關係，額頭不斷滴下汗水。

炸藥筒——一定就在這附近。要相信白雪跟希爾達啊。

傳來的回音……並不明確。但是，我想應該是在……

「右後方……機孃，把機械手臂……伸向5點鐘的方向。盡、盡可能伸長……！」

喘著氣的我，在機孃耳邊如此說道。

於是機孃……在斷斷續續的模糊意識中，連螢幕都沒辦法看清楚的狀況下……

操縱機械手臂，做出彷彿要抓住石油的動作。那樣子看起來就像使盡最後的力氣掙扎一樣。

然而，機械手臂的前端始終抓不到任何東西，不斷揮空。距離引爆時間，還剩3分鐘……！

不行了。再不回去的話，搞不好在拉回甲板的途中就會爆炸啦。

（……到、到此為止了嗎……！）

就在我緊緊上眼睛的瞬間……

幾乎已經伸到極限的機械手臂，忽然做出被用力拉扯的動作。接著……「噹」一聲……接觸到了某種東西。

在油艙底部的某種東西，用肉眼看不到的力量吸引著機械手臂。

（……這是、磁力……？）

是磁力。炸藥筒想必是用磁鐵吸附在船底的。

而作業用機械手臂，就是被那磁力吸引過去了。

「抓、抓住它，機孃。」

我努力擠出這句話，但是機孃——已經失去意識了。

於是我只好有樣學樣地把手放在機孃的手上，抓住機械手臂的操縱桿——

「……嗚……！」

抓到炸藥筒、了嗎？我不確定，但也無法進行確認了。

「拉上、去……！」

我對麥克風發出聲音，吐出最後一口氣後……便失去了意識。

——

——

總覺得……有種好像被人抱住的感覺……

鼻子可以聞到一股很香的氣味。雖然這種話很不適合我來說，不過這香氣，很教人喜歡。

像梔子花一樣的香氣——

「……亞……亞莉亞……？」

「你醒啦？來，深呼吸一口。」

當我睜開眼睛，就發現自己不知不覺間仰躺在亞莉亞的大腿上。

蕾姬拿著一個瓶裝式的氧氣罩，放在我的嘴前。

在奧爾庫斯中感受不到的微風吹來——

我現在正躺在夜空下，油輪的甲板上。

在我們的身旁，還站著一名身材壯碩的男子……

「金次，油輪還真棒啊。我在所有的船當中，最喜歡的就是油輪啦。」

……武、武藤……？

在校外教學II跟我們同樣來到香港的、車輛科的武藤剛氣——肩膀上披著武偵高中的外套，開心地環顧著油輪的甲板。

「……嗚！」

我趕緊坐起上半身，看到機孃的身影也在甲板上。

她雙眼發暈、全身癱軟地倒在地上，讓猴幫她拿著氧氣罩。不過，大概是發現我坐起身子了，於是她從袖子中拿出一把寫有『曹』的扇子，虛弱地打開來給我看。

而在蓋子已經蓋上的石油抽出口上——

奧爾庫斯跟炸藥筒就像兩根連在一起的香腸一樣，垂吊在起重機的繩索下。被奧爾庫斯超乎預想的怪力抓住，讓前端都扭曲變形的炸藥筒——似乎已經被沖洗過的樣子，上面沾滿的不是石油而是清水。

坐在用竹子編成的臨時腳架上，手中拿著剛剛從細長型炸藥筒上拆下來的引爆裝置，對我比出勝利手勢的人影是——裝備科的平賀同學……！

「你、你們來啦……武藤？」

「是你叫我們來的吧？我們吃飯吃到一半，峰就忽然打電話過來。然後不到五分鐘之後，我們就被一群像香港黑道的傢伙帶到車上，還搞不清楚狀況下就被送到油輪上啦。把我的燒賣還給我！哦哦，安齋跟鹿取已經去把引擎停下來啦。只不過，好像還是慢了一步。現在油輪是慣性航行中，會稍微撞一下喔。」

武藤手上拿著大概是用來聯絡的手機，對我苦笑一下。

海岸已經逼近到眼前了。近到我甚至可以看到一百一十八層高的ＩＣＣ大廈上的每一扇窗戶。

西瑪·哈里號雖然確實有減速下來……但依然還是以一～二節的速度前進著。

看來衝撞海岸是無法避免了。

「別露出那種表情啦。最近的油輪都做得像軍艦一樣堅固，只不過是前端撞凹的程度，不至於會沉船啦。」

緊接著武藤的這句話，從船頭方向就傳來「嘰嘰……啪哩啪哩……！」的聲音。

在船頭前，可以看到許多木片被彈飛到空中。那大概是藍幫的成員們為了緩衝力道，而丟在衝撞預測地點海面上的木材破片吧？像海面浮標的東西也飛了起來。

「——要靠岸了。會稍微搖一下喔。」

武藤說著，原地單腳跪下——

……轟……隆……隆隆隆……！

船身發出沉重的聲音與震動。不過……震盪很輕微。雖然亞莉亞她們臉上都露出緊張的神情，但並沒有被搖晃到當場跌倒。

即使撞到海岸，衝擊的力道也還不至於讓船體被破壞的樣子——

——到最後，是香港親自用身體讓油輪停下來啦。

靠岸的油輪被架上梯子後……

香港警務處的警員們便浩浩蕩蕩地爬到船上來了。

我原本還以為我們會被誤認逮捕，不過走向梯子的巴斯克維爾小隊成員們卻甚至是在眾人敬禮之下被送下船了。看來諸葛也有聯絡香港警方的樣子，畢竟警察內部似乎也有藍幫的成員啊。

在幾十名警官們敬禮之中，巴斯克維爾五名成員下船來到九龍後——

香港的民眾們一邊歡呼著勝利，一邊為我們大聲喝采。

油輪已經完全停止下來了。

剩下的工作……就交給武藤他們、警察以及港灣的工作人員吧。

雖然武藤好像很開心……不過我可是再也不想坐油輪啦。

啊啊，安心下來，肚子就餓了。仔細想想，我從白天就沒吃什麼東西啊。

「——遠山先生，你真是太帥氣了。」

我聽到聲音而轉過頭去，就看到同樣來到陸地上的諸葛，以及昭昭們的身影。

「謝啦，諸葛。這都要多虧你指揮船團，幫忙拖住油輪啊。」

「哪裡，我並沒有做什麼大不了的事。話說回來，遠山先生果然不是等閒之輩呢。」

聽到眼睛閃閃發光的諸葛對我稱讚著，在我身邊的白雪也「嗯、嗯」地深深點頭。

「……我在北角的高速公路也說過了吧？我只是個普通的高中生啦。」

聽到我這麼一說，理子當場噴笑出來。她被路燈照出來的影子……呈現出希爾達外型的黑影，也把手放在嘴邊竊笑著。

——沙、沙沙沙。

在巴斯克維爾小隊的面前，搞不清楚誰是誰的昭昭們排成一列——很整齊地單腳跪下。

接著，單手握拳靠在另一隻手的手掌上，做出中國式的敬禮動作。

「謝謝——謝謝（中文發音）。謝謝你，金此。謝謝妳，亞莉亞。」

感覺上應該是機孃的昭昭，眼眶含著淚水對我跟亞莉亞低頭道謝。

猛妹對白雪、炮娘對理子、狙姊對蕾姬——也分別深深低下頭。

就在我們各自與面前的昭昭交談的時候……

「金次。」

亞莉亞趁著大家的注意力從我身上移開的機會，踮起腳尖在我耳邊竊竊私語：

「……謝謝你喔，在油輪上保護了我的背後。」

背靠背。在這樣的隊形下開戰的油輪劫持事件，這下也總算告一段落了。

好，我就趁這機會，讓身為有錢人的亞莉亞請我吃一頓豪華的料理吧。

爆發模式……不知道還有沒有持續？

感覺上……好像還剩一點。應該可以擠出一些甜言蜜語吧？

「用不著道謝。我的存在——就是為了保護亞莉亞啊。希望以後妳也能繼續讓我保護，直到永遠……」

「……呀……」

從一旁抬頭看著我的亞莉亞，喉嚨發出了這樣的娃娃聲。

很好，我按到亞莉亞的紅臉開關了。接下來只要稍微強硬一點——

「——所以說，我們來約會吧。」

「啥、啥？」

「我們不是約好要在ＩＣＣ一起用餐嗎？雖然已經遲到三天了啦。」

我拋了一個媚眼後——把紅紫色的眼睛用力睜大的亞莉亞……點頭如搗蒜，一如往常地變成對我言聽計從的模式了。

這下用餐的預約也到手啦。

（這樣一來，事件就落幕了——是嗎？）

我「呼……」地嘆了一口氣，在心中默默呢喃。不過……哈哈。

這句臺詞好像不太適合在外國說呢。

（為什麼又是跟相撲先生坐一起啦……！）

剛好跟我們搭乘同一班飛機回國的相撲力士坐在一旁，害我的身體又被扭曲得像木片工藝品一樣了。這個經濟艙的座位比奧爾庫斯還要窄啊。

後來，在ＩＣＣ最上層的酒吧餐廳．ＯＺＯＮＥ——

我本來是想要跟亞莉亞兩個人優雅地享用晚餐，但事情並沒有如我所願。

首先，巴斯克維爾小隊的成員們理所當然地跟了過來，接著是藍幫的幹部……甚至連底下的成員們也都一個個冒出來。再加上運輸ＧＡ小隊的四名成員，為什麼連你們也來了啦？

有關油輪失控事件的傳聞似乎傳遍香港各處，於是慷慨的麗思卡爾頓飯店決定免費請我們吃一頓飯——既然聽說是免錢的，大家當然就毫不客氣地大吃大喝。不知不覺間，一頓晚餐就變成了一場熱鬧的派對。我還是有生以來第一次參加什麼聖誕派對啊。

白雪坐在我旁邊的座位上，靠著我的身體滔滔不絕地稱讚我；亞莉亞看到我們那樣子而大發雷霆；理子與昭昭跳著AKB的舞蹈吵擾不休；似乎有學過鋼琴的諸葛則是負責伴奏。唯一安靜的，大概就只有蹲坐在陽臺眺望星空的蕾姬而已。

猛灌紹興酒、大跳自創的裸體舞蹈——『撞死你音頭』，讓日本丟盡顏面的武藤，倒是獲得平賀同學與鹿取一美的大聲喝采。安齋則是在一旁把吃得精光的空盤子疊得像在吃迴轉壽司一樣，嚇壞了服務生。

不過，哎呀……這樣熱鬧的最後一夜，也很適合香港就是了。我就睜一隻眼閉一隻眼吧。

接著，我回到又窄又悶熱的商務旅館……大睡一場後醒過來，在前往機場的巴士上才想到：我到最後還是沒有吃到道地的拉麵啊。

也罷。就像老爸把百萬夜景的夢想託付給我一樣——

香港拉麵的夢想就等我哪一天有了小孩，再託付給我的孩子吧。

「呀哈哈！亞莉亞也快吃吧！月餅吃到飽呢～！」

赤松中學
緋彈的亞莉亞XV
Aria the Scarlet Ammo
awe
舸與銀冰

現在在頭等艙吵得要死的……是理子。

理子在派對結束後，熬夜跑到澳門……聽說直到早上都在賭場賺大錢的樣子。甚至玩到差點趕不上飛機，害我們都捏了一把冷汗。

後來她在機場的登機口拿了那間賭場的宣傳小冊子給我看，印在上面的形象角色是一名身穿和服的女孩子。我還想說那角色怎麼很像某個人，原來就是我之前才出入過的暴力團、現在已經解散的鏡高組前組長——鏡高菊代小妹妹啊。這麼說來，菊代好像也有提過，她有出錢投資澳門的賭場。這世界看似廣大，其實也很小呢。

靠著藍幫的力量，關於那場油輪劫持事件的報導被隱瞞了一部分……最後被當成是油輪失控意外了。因為報紙上寫的都是中文，讓我看不太懂，不過靠漢字來推測，似乎是寫了『日本人武偵大活躍』之類的內容。而且寫得好像是武藤的功勞，讓我不太能接受就是了。

（眷屬的一大勢力——藍幫已經被攻略……雖然沒有到『打倒』的地步，不過卡羯與佩特拉也被擊退了……）

我的第一次海外遠征，應該可以算是成功落幕了吧？

然而——事實上在這個時候，問題已經發生了。

就在我們的內部。

2彈　詌與銀冰

十二月二十六日早上，我們回到嚴寒的日本後——

年末年初要辦理神祭的白雪直接從羽田前往位於青森的星伽神社；與連城律師約好要商量事情的亞莉亞從新橋前往虎之門；說要為了參加什麼Comike做準備的理子則是在台場下車，於是就這麼各自解散了。

（大家還真有體力啊……）

最後只有將寄養在學妹那裡的艾馬基領回來的蕾姬與我，回到了武偵高中的日常生活中。

或者應該說，我回到學校之後就累得睡死了。

隔天早上——雖然通常課程已經結束，不過我還是跟蕾姬一起來到了教務科。

因為在學期末，教務科的公布欄上都會貼出一些雜七雜八的重要情報啊。

當中尤其要注意的，就是學生傳喚與學分不足者一覽表。畢竟我第一學期就因為學分不足而被傳喚過，所以特別慎重地確認了一下……還好，上面沒有我的名字。看來之前在東池袋高中多拿的那些學分得到效果啦。

（嗯……？）

我這時不經意發現到，在傳喚學生名單上寫著『二年B班　Jeanne d'Arc　專攻科目（情報科）』……是貞德的名字呢。居然被傳喚，那傢伙是做了什麼事啊？

哎呀，反正也不關我的事，就算了吧。

我接著看了一下校外教學II之前的那場期末考試（一般科目）結果的成績排行表。

（二年級……遠山……遠山……）

找到了。一二六名……比平均稍微高一點點。

雖然我解決了劫機事件、在核能潛艇上打過一場激戰、把美國的人間兵器揍扁、又降伏了日本跟香港的黑道——不過在讀書成績上，光是拿到平均就很吃力了。

話雖如此，這依然還是可以算一項壯舉。畢竟我過去的成績都是維持在平均以下啊。看來在高中生當中算是高水準的東池袋高中上的那些課，在某種意義上幫我做了一次預習吧？尤其是數學的成績，我明顯進步了呢。

然而，我不能因此鬆懈大意。在學科成績吊車尾的武偵高中拿到平均，等於在一般社會上只能算是中下啊。尤其是保健體育，我的成績差一點就不及格了。因為我連看問題都覺得討厭，一直以來都是靠轉鉛筆在決定答案，不過看來這次我的鉛筆努力不夠的樣子。

接下來……為了挑選以後可以請教功課的人選，我就稍微確認一下成績上位者吧。

即使在武偵高中這樣的笨蛋巢穴中，通信學院與衛生學院裡還是有很多腦袋很好的傢伙。只是因為我在那部分沒什麼朋友，所以我找了一下強襲科的榜首——找到啦，全校第十一名，不知火亮。再上去，前十名當中也有幾個我認識的人。華生小妹妹第九名。前三名的常客——星伽白雪小姐這次是第二名。

而這學期最閃耀的第一名是誰呢——？

我抱著好奇心看了一下名字。

『第1名　望月萌（救護科）』……！

（就、當作、沒看到吧……！）

我為了逃避現實，打算帶著蕾姬去遊樂場，而快步走出教務科大門。

結果就在教務科對面的小廣場上——

我看到有一群女生正在用模擬手榴彈跟使用完的RPG－7火箭筒玩著簡易棒球。

（這群白痴……）

拜託妳們不要穿著武偵高中的短裙，玩動作那麼大的遊戲行不行？對病人（爆發模式病患）來說可是很困擾的。

而且居然還在教務科前面玩，真是不要命了。要是全壘打擊破窗戶，回來的可就不是球，而是子彈了啊。至少也會是麥格農彈，再糟一點搞不好就是對戰車火箭彈啦。

就在我天生已經夠凶惡的眼神變得更凶惡的時候……

白痴女生打的一顆界外球「哐！」一聲飛到我們的方向來了。

（——！）

那顆球……朝著站在校門旁的另一名女生飛了過去。

如果是武偵高中的學生——通常經過一整年像殺人般的特訓，應該就已經有習慣會躲開飛向自己的物體了。可是那女生卻沒有躲開，連伸手準備接住的動作都沒有，只顧著把手放在嘴前取暖。她完全沒有發現啊。

雖然模擬手榴彈裡面裝的只是沙，球的威力也不大……但好歹也是金屬製的，上面也有裝保險栓。要是被敲到或是不小心被刺到，還是有可能會嚴重受傷的。

於是我——稍微跑了一段距離，「啪！」一聲把鐵球接住。

「啊～抱歉抱歉～！」

看來似乎是軟式棒球社的白痴女生們在遠處對我們道歉著……

不過我真正該生氣的，不是那群傢伙。畢竟會當武偵的也只有白痴而已，所以那群傢伙當然也都是白痴了。既然是白痴，就只好原諒啦。

但是，沒有注意四周狀況就不對了。

那樣的德性當武偵，可以會喪命的啊。

因此我忍不住對這位只會發呆的女生嘮叨了一下：

「喂，我說妳啊，身為一名武偵，注意力也太散漫了吧？」

結果那位女生看起來好像搞不太清楚自己為什麼被罵，蓬鬆的鮑伯頭飄揚轉身看向我——

「……遠山同學！」

用力睜開和善的雙眼皮大眼睛……露出了開心的表情。

那位女生，竟然就是身上整齊地穿著武偵高中水手服的——

「……望……望月、萌……！」

被放到眼前的現實讓我頓時陷入錯亂，不禁把那女孩的全名都叫出來了。

「好高興喔！你還記得我呢！」

不知道為什麼對蕾姬看也不看一眼的萌……

原來是等在這地方埋伏我啊？真是被擺了一道。看來不注意四周狀況的人應該是我才對。

緊接著——嘰嘰嘰……

一輛 TOYOTA CENTURY 從教務科另一扇側門旁的車道開了過來。

從那臺開過地上的積水，讓水稍微濺向萌並停下來的 CENTURY 上……

「——不好意思啦，小妹妹。」

一名我似曾見過的光頭男走了下來。他身上穿著紫色的圓領襯衫搭配18K金的粗項鍊，肩上披著黑色的外套，脖子上還畫有圖騰……或者應該說，怎麼看都是刺青。是個黑道啊。

（這傢伙是……！）

是在已經垮臺的鏡高組中，曾經當過幹部的男人啊。原本是個摔角選手，在大本營發生的那場政變中並沒有現身。明明感覺很有戰力卻沒有出現在政變現場，代表他應該是純粹效忠於前組長‧鏡高菊代的樣子——

接著，從 CENTURY 的後座……

「辛苦了，遠山。」

那位……鏡高菊代本人……

出現啦。而且這位小姐身上也穿著武偵高中的水手服。

就在我露出『呃！菊代……！』的表情，倒退了幾步後……

「我說你呀，對我和萌的反應會不會差太多了？」

菊代把寶格麗的圍巾重新圍好在脖子上，有點三七步地對我如此說著。

相對地，那位黑道則是正面凝視著我、用雙手緊緊握住我右手——

「香港出差，辛苦您了。遠山大哥……請您務必……務必照顧好大小姐啊。」

淚眼汪汪地露出『總算遇到可以信賴的人物啦』的表情、對我深深低下那顆光溜溜的腦袋。

就算你叫我照顧她……

我只好撥開他粗壯的雙手，無可奈何地轉頭看向菊代——

「……專門科目呢？」

同樣無可奈何地如此問道。心中同時祈禱著她不會回答我是「偵探科」。

被我搭話的菊代，把視線別開，露出打從心底感到開心的表情：

「——雙修諜報科跟尋問科。因為我想說要稍微努力一點呀。如果有工作的話，就叫我一聲吧。」

菊代……妳變成綴的學生啦？嗚哇，這兩個人實在相配到可怕的地步啊。

不可能出現在武偵高中的乖寶寶——萌，以及原本是黑道組長的壞寶寶——菊代。

原本就已經滿是怪人的武偵高中，這下又增添了兩名怪異分子啦。而且恐怕原因還是出在我身上。

看到我把臉轉向菊代，萌用力鼓起她那對看起來很柔軟的臉頰——

「遠山同學！我加入的是一個叫『救護科』的地方喔！社團參加的是管樂隊！」

很有精神地向我推銷著轉職為武偵的自己。

「原、原本就在武偵高附屬中學的菊代還沒話說……但是為什麼連完全是個普通人的萌也來了啦！什麼地方不好去，竟然跑到這種黑道學校來……！」

擔心著萌的我，露出苦澀的表情後——

「就是說呀～我也跟萌說過，像她這樣的女人在這種地方是不可能活得下去呢。」

菊代對萌露出捉弄的眼神，表現得一副跟我是武偵同伴的樣子。

「可、可是！如果只讓菊代妹妹自己一個人來，她一定會對遠山同學做出色色的事情呀。而且我也想要跟遠山同學在一起，爸爸跟媽媽也都鼓勵我『去做自己想做的事』，咲也為我感到很開心呀……！」

萌翻起眼珠看著我，列舉出自己的正當性後……

「菊代妹妹才是呢！居然追到這裡來，根本就是跟蹤狂嘛！就算妳喜歡遠山同學，也不可以這樣呀！」

「白！白痴！才不是因為那樣呢！我只是不想輸給身為普通人的妳，才會跑來的啦！」

兩個人開始爭執起來了。

話說，萌啊……妳居然敢對原本是黑道角頭的菊代，用「妹妹」稱呼……

而且剛才那段將自己的問題撇在一邊，快速把話題岔開，用別的話題引開菊代注意力的手法，讓我不禁覺得她其實在這方面很有武偵的資質呢。

「哼！反正我可是有遠山同學的第二顆鈕扣呢。」

萌用比我平常講話還要低沉的聲音，對菊代表現出挑釁的態度……

「哦，是嗎？」

結果菊代冷不防地就從我的制服上把第二顆防彈鈕扣一把扯走：

「哎呀，我也有呢。」

「好奸詐！菊代妹妹好奸詐！」

「對於諜報學院來說，那句話可是一種誇獎呢。萌，現在還不算太遲，妳還是滾回妳老巢去吧。畢竟遠山也那樣說了呀。跟妳說清楚，我可是盯上獵物就絕對會弄到手的人喔？」

「是喔～其實我也是呢～」

「……果然，我們在這方面很臭味相投呀。」

「就是說呀～」

這兩個人鼓起臉頰瞪著對方，又一搭一唱表演著這段莫名有連帶感的相聲短劇。

這到底是在搞什麼啦？說真的，這到底、是在搞什麼啦……！

才剛回國就因為女性問題而微微進入鬱悶狀態的我，接著又收到了一封追擊的信件。

就是華生寄來的復健邀約。

那封信的內容中還添加了炸彈跟叉子的圖案。「炸彈叉子」是一種「要是你敢拒絕就讓你吃手榴彈」的威脅。看來我不去不行了。

話說那個白痴，這次竟然還正式向強襲科別館借了Σ房來用啊。

所謂的「Σ房」，就是一間模仿可愛又流行的女孩子房間布置而成的實物大小模型房。就算之前在美術器材室被金女跟不知火看到了，我也不能理解她為什麼刻意要借一間很有女生風格的房間啊。華生到現在依然還是對周遭自稱是男生，也就是說，這情況等於是兩個大男人在一間女生房間進行模擬訓練的意思，為什麼妳都沒想到這一點啊？而且妳身上穿的還是女生的水手服，看在旁人眼裡不就像兩個大變態了嗎！

就這樣，我在這間感覺像卡莉怪妞會住的可愛房間中……

跟變身成同樣很可愛的短髮女孩（其實本來就是女生了）的華生，又是一起喝茶，又是一起看著旅遊書，討論到淺草的約會行程，度過相當難受的時光。

「遠山，對不起喔，我的房間……這麼亂。」

雖然到現在華生還是用我（Boku）稱呼自己，不過她最近越來越習慣做出充滿女人味的動作了。

例如她的眼神也漸漸會表現出像在對我撒嬌的樣子，常常讓我忍不住怦然心動呢。

「一點也不亂吧？而且是借來的房間啊。」

「遠山，你根本沒搞懂復健訓練。剛才那是女生會講的一種謙虛說法呀。」

只是被我稍微吐槽一下，華生就用力握起拳頭，害我怕得連話都說不出來啦。

畢竟華生好像有拳擊業餘證照的樣子。

「哎呀……復健訓練就到這邊為止，應該已經足夠了吧？我累啦。」

「好呀。最近好像是你變得比較容易累呢。」

華生說著，又對我露出可愛的表情。

為什麼這傢伙可以這麼可愛啊？明明她從小是被當成男生培育的說。

不禁感到害臊的我，趕緊從兩人一起坐的沙發逃到讀書椅上——

「呃……華生，我可以問妳一個問題嗎？是有關英國的事情。」

同時，我裝作若無其事地問了一下自從我回國之後就一直很在意的事情。

「英國的事情？好呀，你也開始想要培育自己的國際觀了嗎？」

「不是那麼嚴肅的事情啦，只是閒聊而已。就是啊……夏洛克在伊·U使用的刀劍中，不是有一把薩克遜劍嗎？夏洛克好像說過那是『大英帝國的至寶』……你知道那把劍的劍銘是什麼嗎？」

「我知道呀。就是你從夏洛克手中搶來的那把劍吧？銘叫『Excalibur』，在日本好像被稱作『王者之劍』的樣子。那是英國的國寶，寶劍之一喔。」

「……」

「目前，MＩ6——英國情報局祕密情報部正連同夏洛克的下落，一起在尋找那把劍的樣子。」

「…………」

「不過，其實我……很討厭祕密情報部就是了。尤其是○○系列的諜報行動都很粗暴，只要對方不是英國人，看不順眼就會輕易殺掉呀。」

「…………」

「所以說，雖然伊．U崩壞之後，他們也有來詢問過我關於Excalibur的下落，但我沒有理會他們。算是對他們的一種找碴吧？我勸你在使用的時候，最好也不要被發現比較好喔。另外，你可別讓它壞掉或折斷了，要不然如果被發現，詹姆士．龐德就會想殺了你呀。」

……糟透了……

我已經把它變成一棵聖誕樹啦。

現在那把薩克遜劍——王者之劍就孤零零地豎立在藍幫城的屋頂上啊。

或者搞不好已經被風吹落，掉在大海中了。

要是這件事情曝光，我就完蛋了。○○系列可是世界最強等級的諜報員，據說連日本的公安零課．武裝檢察官也對付不了。就算靠爆發模式也毫無勝算啊。

不過，既然事情已經發生，也無從抹消了。

關於這件事情，我就一生裝傻到底吧。一輩子都要堅持「不知不曉」的態度前進啊，金次。

「遠山，你怎麼啦？感覺臉色有點偏綠呀。」

「綠燈就是前進啦。」

「？」

「我……我差不多要回去了。都已經黃昏啦，總不能在女生的房間待太晚吧？」

我為了在自己說溜嘴之前趕快逃走，而隨便編了一些藉口，從椅子上站起身子——

「遠山，在你回去之前，我有件事要跟你說。」

「薩克遜劍的事情，我什麼都不知道啊。」

「不是那件事啦，是卡羯。」

坐在床上的華生說出這個人名，讓我又停下腳步了。

卡羯・葛菈塞。

在香港襲擊過我們的眷屬魔女——納粹德國殘黨的女人。

「聽亞莉亞說……卡羯從藍幫落敗到展開攻擊的速度很快。我覺得快得有點誇張。能夠在那個時間點做出那種規模的攻擊，證明她在很早的階段就已經開始準備了。」

「……妳想說什麼？」

「雖然我很不想這樣說，但是搞不好有人把我們的情報洩漏出去了。」

亞莉亞——在西瑪・哈里號上也說過同樣的事情。

也就是說，關於這個疑惑，福爾摩斯跟華生的見解是一致的啊。

「卡羯她們魔女連隊的前身，跟梵蒂岡或玉藻一樣，是過去也曾經參加過戰役的勢力。我想她們不會固執於用單純的戰鬥方式獲勝，恐怕也會從對手沒注意到的弱點進攻呀。」

「……我可不喜歡懷疑同伴啊。」

「這不是喜不喜歡的問題。雖然你一路連戰皆捷，但勝利也會使人大意。敵人要攻擊這個弱點，最簡單而有效的方法就是『間諜』呀。」

獲得『西洋忍者』的暱稱、自己本身也從自由石匠那裡獲頒過諜報員勳章的華生——眼神變得銳利起來。

「極東戰役是一場武力鬥爭。所謂的鬥爭，在遇到勢力平衡崩潰的時候就是最危險的時候。暗殺、背叛、間諜，我們必須要小心注意這些要素才行。」

「會用那種奸詐手段的傢伙，最後都會落敗。這就是世間的常理啦。」

看到我因為不想懷疑同伴而擺出『不用再多說』的態度，華生的表情變得不太開心了。

接著……她讓沙發「嘰」地發出聲音，站起身子。

「好，為了讓你能明白，我就用遊戲來比喻吧。」

她說著，邁步走向我身邊的女生用書桌。

將微微帶有肉桂香氣的頭靠到我臉旁的華生……從書桌上拿起紙筆文具，做出某種像符咒一樣的東西。

「這是象徵兵力的卡片。」

她用剪刀與麥克筆做出來的，是畫有亞莉亞、白雪、理子……卡羯與佩特拉等等人物的臉，以及用數字表示強度的卡片。雖然圖案相當簡略，不過一看就可以知道誰是誰了。華生，妳還真會畫圖啊。

師團勢力、眷屬勢力，以及根據各自的大本營排列方向與場所的棋盤上……

「看起來師團還真有優勢啊。」

「但是，如果當中有哪一張卡片的方向反過來的話，情況又會如何？例如說，最簡單明瞭的就是理子了。」

華生說著，把理子的卡片反過來，讓她成為眷屬勢力了。還真過分啊。

不過……華生接下來讓卡片做出的動作，就明顯傳達出其中的危險性了。

只要理子背叛，實力相當強的希爾達也會跟著背叛。我方陣營在亞洲的中樞，轉眼間就出現了兩名強敵。加上再度進攻而來的佩特拉與卡羯，形成兩面包夾……不妙啊。

「你跟亞莉亞對魔術比較弱吧？」

我方的數值被改寫得比較低了。接著——

「貞德與理子同在伊・U的時候，也已經讓她的招式被摸清，太不幸了。」

數值又降低了。光是一個人背叛，東京的勢力就幾乎崩潰啦。

「背叛者一開始可以無條件地打倒一名敵人。因為能夠使用偷襲的方式。」

被理子一戳，白雪的卡片翻到背面了。這應該是代表死亡或是無法戰鬥的意思吧？

「這樣東京就幾乎全滅了。如此一來，昭昭或是猴就必須要移動到東京才行。」

香港的戰力……不得不被分散了。

「要是在這時候，像哈比或是分不清敵我的LOO攻過來的話，情況又會變得怎樣？戰力上寫成『？』的卡片，很有可能比任何人都還要強。而魔女連隊——也不是只有一個人。她們每個人都是『戰魔女』，是專門從事戰鬥的魔女們。雖然能夠參加極東戰役的人數還不清楚，但我們除了卡羯以外，也有可能要與其他戰魔女戰鬥。要不要我再增加一點敵方的卡片？」

「……」

「雖然我這是為了讓你收斂輕忽大意的心態，故意舉了一個最糟糕的例子。但這同時也是下個月，搞不好是下個禮拜，就有可能成為現實的狀況呀。」

同伴內訌或背叛……或重或輕，過去也發生過幾次。

理子有兩次。白雪也攻擊過亞莉亞、理子跟金女。就連我跟亞莉亞之間，在伊・U上也經歷過真正的內訌。華生甚至原本還是敵人，希爾達跟藍幫就更不用說了。想要讓這些人全部都絕對同心協力……似乎有點太天真了。

看到我沉默下來，華生吐出充滿女孩香氣的氣息——

「要是有人態度不尋常，我勸你要好好懷疑一下。」

在我耳邊小聲如此說道。

而我——雖然不想點頭回應，心中卻有種被迫點頭的感覺。

話說，態度不尋常的人嗎……說到底，她們每個人平常的樣子就都很奇怪啦。亞莉亞甚至只是聽到我嘲笑桃饅「只不過是形狀不一樣的紅豆包而已吧」，就會對我開槍啊。在我的日常生活中，那傢伙才是最像敵人的吧？

——背叛者——

我的第二學期雖然就在這樣教人不舒服的話題中落幕……

不過只要一想到過年可以回到巢鴨的老家，我的心情就多少變得比較輕鬆了。

因為巴斯克維爾小隊的大家好像各自都很忙碌的樣子，於是我就帶著唯一看起來閒閒沒事做的蕾姬，也就是矢田小薄荷，回到了JR巢鴨站。

我之所以會帶著蕾姬回老家——一方面是因為我想像她年末年初還要待在那間水泥裸露的冰冷房間，就覺得有點可憐。另一方面也是因為爺爺跟奶奶很中意她的關係。我只不過是說了一句「跟我來」，她就乖乖答應了，算是很輕鬆啦。

正當我們兩個人走在漸漸裝飾得有過年氣氛的住宅區中，就看到在小巷裡、一群追著足球跑的小孩子後方……

「……嗚……？」

有一輛看起來很誇張的車子，停到收費停車格上啦。

充滿流線感的外型，簡直就像從近未來來到現代的超級跑車一樣。

而站在停車格的收費器前面，拿出一百元硬幣投入機器中的特攻服背影就是……

（G、GⅢ……！）

就在我因為遇到過年回老家的老弟，再加上他那頭像是小暮閣下的髮型而嚇得說不出話的時候……

「哥～哥！」

雖著這樣的呼喚聲，我忽然被人從身後抱住了。

壓在我背上這股充滿彈力的胸部觸感是——

「金、金女……？」

「這麼輕易就被人抓到背後，哥哥修行不夠呢～」

金女露出宛如太陽般的笑臉，抬頭看著我。這狀況根本就是遠山家族的回家潮了嘛。

「嘿，老哥。上次真是麻煩你啦。」

這時才發現到我的存在、從收費停車格邁步走過來的GⅢ……「砰」一聲把手放在我的肩膀上，開心地笑著說道：

「聽說你把孫斃掉啦？謝謝你啊。」

你劈頭就給我來個這麼有火藥味的道謝啊？至少在回到巢鴨的這段期間，不要跟我談這種話題行不行……

「我是沒殺掉她啦……不過哎呀，那傢伙已經無害了。我也破解了雷射，幫你報仇啦。」

聽到我有點自暴自棄地如此說著，GⅢ就咧嘴露出打從心底感到愉快的笑臉。這傢伙，只不過是老哥幫他做了一點什麼事，就那麼開心啊？哎呀，那個所謂的『什麼事』竟然是『在現實中把孫悟空幹掉』，也算是遠山家的特色就是了。

「話說，金三，你那輛車是怎麼回事啊？」

「那是科尼賽克的Agera，明年三月會在日內瓦車展上發表的車型。我把試作車買來了。」

「那種車……少說也要上億元吧？要是撞到電線桿怎麼辦啦？」

「再買一臺不就行了？」

嗚哇。居然把高級車當成腳踏車一樣。

上帝為什麼會讓咱們這對兄弟的貧富差距如此大啊？

遠山家的習慣是提早進行年末準備，到了除夕就什麼都不用做。聽說這是初代．遠山金四郎為了預防年末年初容易發生事件，而流傳下來的習俗。

於是，已經變得比我更習慣老家生活的GⅢ跟金女，就在爺爺的指揮下，很有效率地進行著年末的工作。

金女騎著腳踏車進進出出，買來了各式各樣高品質的料理食材。特拉納竟然連魚的好壞都有辦法分辨，到底是有多高性能啊？

而金三則是意外地對清掃廁所或是打掃浴室之類的浴廁工作相當拿手。這傢伙只要讓他吃番茄，就是個可以無限工作的健壯男人，還真是便利。

另外，身為寄宿客人的蕾姬因為拿掃把掃地就跟機械一樣，所以也很行。甚至連艾馬基都會用嘴巴幫忙拔院子裡的雜草，這隻狗也是個相當便利的角色啊。

……至於我嘛，就是餵餵金魚或是拍拍棉被，故意挑比較輕鬆的工作消磨時間，用節能手法幫忙大掃除。今年真是太輕鬆啦！

不過大概是我這樣的態度遭天譴了。到了晚上——

為了製作過年要吃的年糕，奶奶把蒸好的糯米放到臼裡……結果GⅢ竟然一杵就把臼敲壞了。

這個蠻力白痴。雖然這臼確實很老了，但好歹也是從百年前流傳下來、很有來歷的臼啊。你居然把它敲壞了！

而這次負責翻動臼裡年糕的人，就是我。根據書卷都已經發霉的古老遠山家家規，這件事的責任要算在翻年糕的人身上。

因為我從貝瑞塔公司那邊拿到的獎學金，經由玉藻↓金女的途徑被家人知道了，於是最後很不講理地變成我要負責買新的臼啦。話說，我根本不知道臼這種東西要在哪裡買，結果竟然在樂天拍賣上找到了。稍微好一點的東西，價格也相對地很昂貴。我想貝瑞塔公司應該作夢也沒想到，他們給我的獎學金居然被拿來買臼吧？真該死。

如此這般，大掃除結束之後……

「舒服、舒服……」

就在我嘴上呢喃著這種像老爺爺的臺詞，泡在遠山家引以為傲的檜木浴缸中療養身心時──

……喀啦啦……

脫衣間的門，傳來陣陣聲響，被人拉開了。字數好像不對。（註2）

霧玻璃的另一側出現一個人影，開始脫起身上的武偵高中水手服。

來啦……女生闖入事件。

註2 金次在這裡本來是想說成日本的俳句。但俳句的規則是「五、七、五」，因此字數不合。

不過身為女性問題警告燈二十四小時點亮的我來說，早已習慣這種事了，沒必要慌張。

武偵憲章第五條：武偵必須以先發制人為第一宗旨。因此我要立刻脫逃出去！

於是我把手伸向背後的浴室窗戶……呃、奇怪？怎麼打不開啊？

窗外好像有個X字型的布貼在上面，堵住窗口了。

（這、這是……金女的科學劍之一——磁力推進纖維盾……！）

被擺了一道啦！後發制於人……！

喀啦啦……

「哥～哥！」

來、來啦！進來啦！笑咪咪的金女小妹妹進來啦！

雖然我對於這種狀況，因為白雪跟蕾姬的關係多少已經習慣了，但對象如果換成妹妹——又會有一種難以言喻的緊張感。

而且，金女是在美國長大的。

她完全不會用手遮住胸部或其他地方，既 open 又 disclosure 啊！

「——妳！妳來做什麼的啦！」

「啪搭啪搭」地踏在木板上走過來的金女……不用說，當然是全身光溜溜的。

雖然年幼，但她的身體也已經邁入從小孩變身為女人的重要階段。

即使還在發育途中，圓弧狀的胸部與屁股等等部位還是充分地散發出女人味啊。天真無邪、清純可愛，可是肉體卻明顯是個女人。光是這樣就已經充滿悖德感了。再加上「妹妹」的要素……簡直就是悖德總匯大餐……！

要是沒有水蒸氣遮住重點部位，我現在早已爆發然後舉槍自殺啦。不過，我好像用槍射頭也死不了嘛，之前卡羯對我的攻擊就已經證明這一點了。

「就是呀，哥哥的身上有女人的味道呢。」

「啥、啥？」

「所以我要幫哥哥洗掉，然後擦上我的味道呀。」

雖然金女前半段後半段的發言都充滿可以吐槽的地方，但是我決定裝作沒聽到——啪唰！

為了遮住我自己的重要部位，同時等待機會逃跑……在浴缸中單腳跪著，只讓下半身泡在水中。

「而且呀，自家人一起泡澡不是一件很棒的事嗎？對吧？」

金女這時已經像劍術高手一樣踏著巧妙的步法，逼近到浴缸前面了。簡直是前有妹妹，後有科學劍啊。

說真的，為什麼咱們家的妹妹明明是個美少女，腦袋卻如此教人遺憾呢……！

「或許是那樣沒錯，可是一般來講，高中生的哥哥跟國中生的妹妹是不會一起洗澡的啦！」

「那就不要當成一般的狀況吧。來，哥哥，抱抱。」

金女對我伸出雙手，準備要踏入浴缸中。

什麼叫「來」啦！什麼叫「抱抱」啦！給我把胸部遮起來啊！

雖然我很想這樣說，但是光靠話語說服根本就贏不過人工天才，因此我只好像個自然的凡人……在被她抱住之前，「哇！」地大叫一聲，同時在她的雙眼前「啪！」地用力拍手。

因為左右兩側毫無破綻的金女，為了踏到浴缸邊緣而把腳打開——於是已經進入輕微爆發的我，從那空間找出了一條活路……

（——潛林！）

利用遠山家的密技，像蛇一樣穿過敵人的腳下，來到金女背後。

『扭動身體爬在浴缸邊緣，穿過妹妹的胯下』，連我自己都不敢相信這樣的行為啊。

緊接著，我伸手抓住衣服，像新幹線一樣——從浴室、脫衣間、走廊，一路衝到自己房間了。

一方面因為金女被拍手聲嚇得眨了一下眼睛，二方面也是因為她從沒看過我使出的這一招……

所以對金女來說，應該會以為我忽然從她眼前消失了吧？

金女啊，遠山家的招式基本上都不會把手把腳、細心指導的。因此只能靠有樣學樣，自己記住才行。可是妳卻錯過機會，沒有看清楚我的招式——

可見妳身為遠山家一員的自覺還不夠啊。

我就這樣過著愚蠢可笑的日常生活，轉眼間來到了被平底鍋與湯勺在耳邊鏘鏘作響、讓人感到相當不愉快的『妹妹鬧鐘』吵醒的除夕。今天一整天都是休假。

因此我輕鬆自在地過了一天久違的平穩生活……

窩在暖爐矮桌邊跟蕾姬和奶奶喝喝茶，到溫室跟金三與爺爺挖挖地瓜，在庭院跟金女一起讓艾馬基坐在磁力推進纖維盾上飛來飛去。

這樣和平的遠山家除夕，也漸漸夜深……

來到一邊欣賞第六十屆紅白歌唱大賽，一邊享用過年蕎麥麵的時間了。

「今年的過年真是熱鬧啊。」

「就是說呢。」

爺爺跟奶奶悠哉地閒聊著。

話說回來……大家聚在一起用餐的這片情景，依然還是讓我覺得很「那個」呢。

前美國總統護衛、人間兵器、S級狙擊手，圍在矮桌邊一起享用天婦羅蕎麥麵，欣賞紅白。而且還是在巢鴨的一棟平房中，鋪有榻榻米的客廳。

（不知道大哥現在過得怎麼樣啊……）

就在我「呼呼」地吹著溫熱的蕎麥麵，心中想著這種事情的時候……

「哦哦……！」

坐在一旁的GⅢ看到電視上小林幸子那宛如巨大機器人的裝扮，發出了感動的聲音。

他雖然在美學品味上有點奇怪，不過同時也是可以藉由對美術、藝術的感動而進入爆發模式的傢伙，算是特殊體質中的特殊體質。總覺得他現在好像也有點爆發的樣子。居然可以對小林幸子爆發，你也夠強的啦，金三。

「好好吃喔～！哥哥，你不吃蝦的話就給我吧！」

「啊！喂！」

狠心地把我打算留到最後享用的炸蝦搶走並咬進嘴裡的金女，非常喜歡吃奶奶親手做的日本料理。蕾姬則是「滋滋滋」地用她以前也表演過的無間斷吃法，一條接一條地吃著蕎麥麵。

後來，跨年節目開始了……可是感到沒事可做的金女卻黏到我身上，開始對我撒嬌起來，實在有夠困擾。而且蕾姬也莫名其妙地用銳利的視線監視著我們啊。

GⅢ則是「噗哧」地咬了一口番茄——

「金女那麼喜歡哥哥，要是老哥交了女朋友要怎麼辦啊？哈哈！」

笑著說出這種像親戚叔伯會講的話。

啊～這話題會不會有點危險啊……我才剛這樣想，金女果然就在一秒之內露出空洞的眼神……

「啊？女朋友？哥哥只要有妹妹就足夠了吧？」

用讓人背脊發寒的低沉聲音如此回應了。

結果蕾姬就……

「可是，金次同學的周圍現在又增加了萌同學與菊代同學呢。」

蕾姬，妳這傢伙……！明明到我家來之後什麼話也沒說過的，為什麼偏偏要挑在這種時機告狀啦！

「果然就是望月萌跟鏡高菊代呀！雖然我第一天就靠氣味隱約聞出來了，不過你還真行呢，哥哥！」

金女露出笑臉，同時對我使出一記幾乎會讓肋骨碎裂的肘擊。

而且從她可以叫出全名來判斷，她應該對那兩個人的情報都調查清楚了吧？

「呿！那兩個傢伙，竟然跑來想搶走我的哥哥……」

「我不太明白您的意思啊……」

因為太過恐懼，害我忍不住對妹妹使用敬語了。雖然我很不願意讓一年的最後過得如此遺憾，但是——時間還是到來了。

再見啦，這段穿梭於天堂與地獄……不，是地獄與地獄之間、慌亂刺激的一年。

遠處傳來了大概是高岩寺發出的除夕鐘聲。

我們遠山家的習俗是來到元旦凌晨十二點，道完『新年快樂』之後便各自就寢。不過爺爺似乎打算舉行一場美女寫真集的個人鑑賞會，看準奶奶已經熟睡的機會，抱著Ａ書躲到別房的倉庫去了。

我則是因為換上睡衣、要求跟我一起睡覺的金女而四處逃竄……

結果看到ＧⅢ才剛跨完年，就在客廳換上戰鬥服——霧黑色護甲搭配特攻服——的樣子。

「……金三，三更半夜的，你要去哪？」

「我接到ＣＩＡ那邊傳來一項讓人在意的消息，所以要去一趟５１區——愛德華空軍基地啊。」

「那在哪裡？」

「內華達州南部啦。」

「內華達州在哪？」

聽到我提問的ＧⅢ，頓時露出極為不耐煩的表情：

「你至少記一下五十州跟美軍基地的位置吧！給我從幼稚園重讀啦！」

雖然他這樣罵我，可是在咱們國家可沒有幼稚園會教那種事啊。應該啦。

「我跟老哥不一樣，是個到處有工作要做的受歡迎人物啊。而且這件事將來搞不好也會跟老哥有關係，我先去看一下情況。」

「……雖然我聽不太懂，不過美軍可是不知道會做出什麼事啊。你小心點。」

「老哥也是。你現在不是正在跟納粹的殘黨戰鬥嗎？」

「是啊，是叫『魔女連隊』的傢伙。我也是個到處有敵人的受歡迎人物啊。她們雖然在香港偷襲過我們，但現在不知躲到哪裡去了。不過，這次你不需要出手幫忙了。那種程度的貨色，根本不是我的對手啊。」

——這麼說根本是騙人的。其實我覺得很棘手啊。只是……

GⅢ要是跟我一起戰鬥，就會有想要對我表現一下而出差錯的風險。像對付孫的時候，他就因為這樣差點掛掉了。曾經有過重大失誤的搭檔，最好不要再輕易合作，這就是身為武偵的鐵則。

「……不只是歐洲，在南美、中東跟非洲，世界各地都有納粹的傳人結社。只是他們是否有互相合作就很難講了。畢竟國家社會主義德意志工人黨（ＮＳＤＡＰ）早已解散，現在希特勒也已經不在了。每個結社感覺都是各自為政啊。」

大概是因為跟我有同樣的鐵則觀念，GⅢ只是簡短地對我提供情報而已。

接著，他用跟我很像的動作搔了一下後腦袋……

「只是，不管要跟哪一個納粹殘黨戰鬥，都切忌因為規模小而老舊就瞧不起對方——要不然可是會被戳到弱點、吃大虧的啊。就跟阿爾・蓋達組織是一樣的道理。美軍特殊部隊就是犯了這個錯，結果讓強襲成功率只有50％而已。老哥也要小心一點啊。」

他彷彿是在告誡我似地，用左邊的義肢輕輕敲了一下我的肩膀。

元旦的早晨，雖然當我醒來之後GⅢ就不見蹤影了……

不過金女倒是從前來迎接GⅢ的部下手中拿到了漂亮的和服，還請奶奶幫她打扮髮型。她穿的是一套將充滿新年氣息的山茶花與櫻花花紋用白色與淡桃色搭配得很有孩童味的振袖和服。另外似乎還有預備一套——樹頭積雪配黃鶯，就借給蕾姬穿了。

原本從年末就預定要參加的新春參拜……因為爺爺在倉庫過夜結果感冒的關係，讓奶奶也決定跟著延期。

最後就變成穿上一套新制服的我，帶領金女跟蕾姬去參拜了。

我們坐著山手線電車來到武偵特別喜歡祭拜的緋川神社所在的上野……結果蕾姬在車站說她有別的事情要做，便消失了蹤影。

於是我跟金女就在之前夏日祭典時跟亞莉亞約的碰面地點——大熊貓附近，等待蕾姬回來。

在元旦上午清新的空氣中——

穿著華麗的振袖和服、姿勢端正地站在我身旁的金女，雖然是自家妹妹，我也不禁覺得漂亮啊。

即使全身散發出甚至教人著迷的美少女氛圍，親切可愛的臉蛋還是讓她不會有難以親近的感覺。栗色的秀髮與深海色的眼眸，意外地跟和服相當搭配呢。

那樣的金女從一旁發現我的視線，而輕輕轉頭看向我：

「日本的冬天也好冷呢，哥哥。」

說著，就靠到我身邊，露出笑臉抱住我的手臂了。

手臂上頓時傳來金女的胸部像水枕的觸感——

看來她是因為穿和服所以沒有穿內衣的樣子。對爆發模式來說是很危險的要素啊。不妙。

「我、我說妳啊，放手啦。兄妹之間勾手臂，也未免太奇怪了吧？」

因為路上的行人誤以為我們這對兄妹是情侶，而露出笑咪咪的表情……讓我感到實在太丟臉，而甩掉金女的手了。可是毫不放棄的金女卻依舊保持著閃亮亮的笑臉……

「哥哥太不合理了啦～所謂的兄妹呀，就是最小單位的互動群體。既有血緣，又是男女，是最適合彼此結合的關係喔。再說，歷史上呀——」

——嘰哩呱啦、嘰哩呱啦。

她用力豎起指頭，有條有理地開始對我說著『兄妹應該要彼此相愛』之類的話。

而我就這樣聽了幾分鐘後……

總覺得，她說的話好像很有道理呢。

我是不是應該現在馬上把金女娶進家門啊？

然而，就在千鈞一髮之際，我察覺到了——這就是所謂的「教唆話術」吧？簡單講就是洗腦、精神控制。金女這傢伙，竟然對親哥哥使出這種招式，簡直不可大意啊，人工天才。

就在我不禁感到畏懼的時候——

「Happy New Year. 金次。」

「小金，新年快樂，今年也請多多指教喔。」

「呀喝~欽欽！新快今請呀！」

「……」

亞莉亞、白雪、理子與蕾姬不知不覺間就現身了。

除了蕾姬之外，其他三個人也都穿著漂亮的和服。

看來蕾姬是在事前就跟大家約好新春參拜要碰面的樣子。

「白雪也真是的，聽說她是搭噴射直升機從星伽家趕回來的。蒔江田小姐也真是辛苦呢。」

一臉無奈地搖著頭的亞莉亞，身上穿的和服是將盛開的櫻花與花蕾繡成圓形圖案，用紅、白與粉紅色搭配成的現代紋路。

和服其實意外地也很適合歐美人來穿，而身為四分之一混血兒的亞莉亞在之前的夏日祭典也已經證明過這一點了。只不過乍看之下，會覺得很像七五三節的兒童裝扮就是了啦。

「因為人家想跟小金一起參加新春參拜呀……好高興見到你呢。」

臉頰泛紅地站到我身邊的白雪，身上的振袖和服是雪結晶、鶴、七寶、小槌、丁香等等各式各樣的古典花紋，是一種吉祥紋路。

真不愧是大和撫子，光是穿上和服就會散發出強烈的魅力……連我都忍不住臉紅啦。

話說回來，亞莉亞跟白雪，兩個人都很棒啊。

她們都把和服穿得相當整齊，非常適合到神社參加新春參拜。

「欽欽~你看你看！因為今天是虎年，看！Ｔｉｇｅｒ！」

但是理子，妳完全不行！那是什麼蘿莉塔和服啊！她用手輕輕拍打的腰帶，是繡了虎之穴吉祥角色的痛腰帶；衣服下襬是迷你裙，搭配荷葉邊，甚至用蓬蓬裙撐起

來；腳上還穿了條紋圖案的絲襪跟厚底鞋啊。

不過……只有穿防彈制服的我，好像也沒資格批評別人的衣服。我就原諒她吧，反正她穿起來也很好看。

緋川神社其實沒有什麼人會來參拜，明明地點不錯，人潮卻意外地少。

我們在拜殿前大約排了五分鐘之後……

「這裡的規矩是二拜二拍手一拜。不過比起動作，更重要的應該是心意喔。」

在進入老師模式的白雪指導下，巴斯克維爾小隊＋金女，六個人排成一列開始參拜了。

女生們搖響銅鈴，把硬幣投入香油錢箱後……大家便閉上眼睛，專心祈願起來。

雖然我不知道她們究竟在許什麼願望，不過這情景看起來還真可愛呢。

好啦，我也來祈願吧。

（畢竟身為武偵，運氣是很重要的事……好，我就多投點香油錢吧。）

於是，我毅然決然地從錢包中掏出一枚五百圓硬幣。

但是……距離香油錢箱好像有點遠。因為剛才排成一列的時候，那群自我中心的巴斯克維爾女子軍就把我擠到隊伍的最右邊啦。

要是我不小心讓五百圓這樣的大錢沒有投入香油錢箱，就得不償失啦。而且從角度上來看，感覺硬幣還會被箱子上的橫木彈開的樣子。真是傷腦筋了。

正當我這樣想的時候，就發現在主要的香油錢箱右邊，距離我比較近的地方……另外有一個綁著紅白繩索繞成的繩環、看起來比較小的香油錢箱。這邊應該就可以順利投進去了。好，我就投這邊吧。

我搖響綁在邊緣的銅鈴，將香油錢投進去後，拍拍手——

（呃……請讓我不要再遇到女性問題了吧。另外，您親戚那位叫玉藻的狐狸附在我身上了，也請幫我把牠祛除掉吧。）

我遵照白雪的指導，誠心誠意地祈願後，跟著大家一起退到拜殿的旁邊……

「好啦，你差不多該給我了吧，金次？」

「……？」

亞莉亞把空空如也的雙手伸到我面前，白雪也畏畏縮縮地、理子很有精神地、蕾姬不知不覺間地、金女也滿面笑容地對我伸出手來。這是『給我給我』的手勢啊。

「給什麼啊？」

「好像叫『壓歲錢』是吧？在日本不是有一種在新年要送禮的習俗嗎？」

呃、這群傢伙……！仔細一看，她們就像事前已經講好似地，紛紛從和服的袖子中微微露出手槍啦、狙擊槍之類的東西。

就在我火大，打算先發制人地攻擊、發射新年第一發子彈的時候——

「呃……我也想要拿到小金的壓歲錢（Otoshitama）……ta……tama？玉藻（tama-mo）大人！」

我那樣失禮的企圖，就被話說到一半忽然大叫起來的白雪妨礙了。

看到白雪睜大眼睛，於是我們也順著她的視線轉頭望過去——結果就看到從拜殿中，身穿巫女服的玉藻掀開御簾走出來了。

那個狐狸女，竟然把尾巴藏在緋袴裡、把耳朵藏在像髮簪一樣的髮飾裡啦。

「——咱才想說怎麼聽到聲音，果然就是汝等呀。哦哦，遠山家的，好久不見呀。」

「為什麼……連妳也在這裡啦……」

我剛剛才祈願要把她祛除掉的，結果馬上就讓我遇到她啦。這神社真不靈驗。

「咱聽蕾姬說，汝等要來新春參拜呀。於是咱就來打工一下了。哦~信仰累積了不少呢。」

玉藻說著……把我剛才投了五百圓硬幣的那個小香油錢箱……「嘣！」地像背小學生書包一樣背起來了。原來那是玉藻的啊！

「玉藻，我是到這間神社來參拜的！才沒有任何一毛錢打算付給妳。把錢還來！」

我衝到玉藻面前，打算抓住她的腳踝，把她連同香油錢箱一起倒掛起來的時候——

「喝——！」

——痛啊！玉藻竟然跳起來，用香油錢箱毆打我的腦袋！

而且擊中的部位剛好就是被之前卡羯開槍留下的傷口，超痛的。話說，那香油錢箱還頗重的啊。

既然她可以做得這麼光明正大，想必是有經過許可。但是居然寄生在神社賺大錢，也太過分了吧？

玉藻讓她那雙單齒木屐輕輕落在倒地的我面前後……

「各位，在這棟拜殿的後面有咱的神座。咱們就在那邊舉行御前會議吧！」

對大家說出了這樣的一句話。

聽玉藻說是什麼「御前」，我還以為有什麼ＶＩＰ人物會到場，結果原來就是玉藻御前啊。

不過玉藻在神社中似乎相當有威望，讓我們可以在神社境內借到了一間房間。

玉藻來到上座，跪坐在一張金光閃閃的坐墊上後，把視線看向圍坐在她前方的我們。

「——在香港的藍幫討伐，辛苦諸位了。」

妳當妳是誰啊？

「然而，誠如諸位所知，這次的極東戰役……眷屬在歐洲相當占有優勢。佩特拉與卡羯率領的魔女們，再加上實力不容小覷的兩名傭兵，徹底破壞了勢力的平衡。因為那兩名傭兵是東洋人，咱們原本以為是藍幫的黨徒，但似乎其實是日本人的樣子。真正的身分目前依然不明。」

「傭兵──『妖刕』與『魔劒』嗎？」

我說出金女之前在電話中提過的名字，於是玉藻點點頭：

「雖然那對男女似乎不太遵從眷屬的命令，然而他們的戰鬥實力卻極為高強。即使他們很少會出現在戰場上，咱們還是必須以那兩人會現身為前提做出行動才行……因此到最後，梵蒂岡與自由石匠的行動都受到牽制，結果就被卡羯與佩特拉趁虛而入了。」

「他們究竟是什麼樣的傢伙呀？可以再多提供一些情報嗎？」

亞莉亞大概是有什麼不好的預感，而露出嚴肅的表情如此問道。

「妖刕負責普通的武人，魔劒則會對付超能力者。妖刕使用的是日本刀與槍械，據咱所聽到的情報，似乎跟遠山兄弟一樣是擅長近戰的男人。魔劒則是會使用未知的最新魔術，擅長進行遠距離戰──是個極為危險的魔女。」

也就是通常戰鬥與超能力戰，近距離戰與遠距離戰，各自負責的領域分配得相當好的意思。

「真是被打敗了。那樣的傢伙，我聽都沒聽過呀。」

理子不禁歪了一下頭後……

「這也是那兩人相當恐怖的地方。關於妖刕與魔劍的存在，師團裡沒有一個人知道，甚至到了很不自然的地步。換言之，咱們完全無法預測他們會做出什麼事，可謂兩匹黑馬。當那兩人同時出現的時候，絕不可輕易出手。否則就算是巴斯克維爾小隊，亦有全滅的可能性。必須要以集團包圍其中一方，才可戰鬥。」

看來玉藻……在分析敵我戰力的時候，稍嫌保守了一點啊。

光靠兩人就可以讓巴斯克維爾小隊全滅？

那種傢伙，我有點難以想像啊。根本是不可能的事。

「另外，歐洲的戰役目前是師團與眷屬在進行地盤戰的狀況。眷屬從東南方——亦即德意志與埃及不斷擴展陣地，讓師團被逼退到西北——也就是法蘭西、荷蘭與英吉利了。位於義大利的梵蒂岡則是遭到孤立，正在請求援軍相助。」

我因為地理成績很差，搞不清楚哪個國家在哪裡，所以聽得不是很懂。不過總之就是師團在歐洲輸得很慘，希望我們亞洲派人援助的意思吧？

「話雖如此，但如果咱們因為情急而派遣多名援軍過去——防守變薄弱的東京與香港便會遭到攻擊。想必眷屬的企圖亦是如此。因此咱們只能派遣若干名援軍到歐洲，不過要把戰事打得轟轟烈烈。如此一來，眷屬見到那樣的情況，就會被騙到咱們實力依然強勁的遠東來了。」

玉藻所說的戰術……在武偵的定型戰術中也有類似的手法。也就是Rampage decoy——俗稱『暴徒陷阱』的方法。

以這次的例子來說，基本上我方首先要讓巴斯克維爾小隊鎮守東京，藍幫鎮守香港，以主要戰力鞏固據點。

接著派遣若干名援軍前往苦戰中的歐洲戰線，做為『會戰鬥的陷阱』，吸引敵人注意。

這個陷阱的工作就是在前線大肆戰鬥。裝出自己似乎有同伴在背後進行支援的樣子，並且讓敵人感受到強勁的戰力。

這樣一來，不但歐洲的師團可以得到援軍相助，同時眷屬也會因為那個陷阱給人的印象，而誤以為我方「在遠東的防守變得薄弱了」。接著只要等到敵人把多餘的戰力送到遠東……實際上防守依然很堅固的東京與香港就能確實包圍敵人，進行反攻了。

「無論是進攻歐洲的隊伍，還是防守東京的隊伍——首要的目標都是擊敗卡羯、佩特拉、妖刕或魔劍其中一人。另外，有謠言說妖刕與魔劍是一對情侶。因此只要將其中一方抓為人質，或許就可以同時擊退另一方了。」

雖然玉藻在最後提出了一項總覺得很狡猾的策略，不過整體來說……我也很贊成就是了。

尤其是卡羯與佩特拉，這兩個人我們一定要逮捕才行。

畢竟事到如今，我已經有一堆理由要跟她們戰鬥啦。首先，就是在油輪劫持事件中對我的頭開槍的那個還很新鮮的仇。另外，這兩個人都是讓香苗小姐背黑鍋的犯罪者。再加上——她們手中握有亞莉亞的殼金，也就是剩下三個殼金中的兩個。

（說到殼金……）

我必須要把那東西交給玉藻才行啊。

「關於作戰策略我已經明白了。接下來……我改變一下話題。這個拿去吧。」

我說著，將諸葛交給我之後就收在我制服口袋中的殼金交給玉藻了。

「哦哦，汝已經拿回一個啦？那麼亞莉亞，汝等會留下來，咱把這放回汝的胸中吧。」

亞莉亞聽到玉藻這麼說，便露出嚴肅的表情點點頭後——

「我想大家應該都已經聽說了……不過真沒想到，孫竟然就是緋緋神呀。」

她一臉無奈地搖了搖頭。

「正確來講，應該是『不完全的緋緋神』才對。話說回來，她的頭髮或是眼睛的顏色，都保持著黑色沒變啊。」

我瞄了一下亞莉亞的那頭粉紅色的雙馬尾並如此說道後……

「若是原本的顏色很深，即使摻入了色金也不會變色得太明顯呀。像夏洛克不也是一樣嗎？」

玉藻對我說明了一下。

也就是說……

我不禁轉頭看向蕾姬：

「妳的頭髮原本是什麼顏色的啊？是金髮之類的嗎？」

「是銀灰色。」

那還真是教人意外。

我在腦海中想像了一下銀髮的蕾姬……嗯，這個2P角色還不錯嘛，感覺跟銀狼艾馬基更適合呢。要命名的話，就是普通蕾姬／雪蕾姬。而原本是金髮的亞莉亞就是櫻花亞莉亞／金亞莉亞了吧？

新年結束——我回到還在放寒假的武偵高中後，便來到強襲科進行了槍械射擊的自主訓練。

接著到黃昏，我確認了一下強襲科校舍前的『武器買賣公布欄』。

雖然那把薩克遜劍已經拿不回來了……

不過畢竟長型的刀劍不只可以當武器，也能拿來當防具。有東西插在背後跟只穿防彈制服的狀況，在背部受到打擊或衝擊的時候感覺完全不一樣啊。

（年末年初缺錢的傢伙比較多，應該會有什麼便宜可以撿吧……）

就在我眺望著公布欄的時候——忽然被人從後面抓住衣領，像個小貓一樣被拎起來了。

於是我趕緊轉回頭，就看到嘴巴凹成「ㄟ」字形的強襲科・兼・體育老師……蘭豹。

以及在一旁「啪啪啪」地拍著手的偵探科・兼・現代文老師的高天原佑彩老師。

「請問我到底是要被罵，還是要被稱讚啊？」

兩位女教師聽到我這麼一問……

「兩邊都有吧？」

高天原露出笑咪咪的表情。

「你過來。」

蘭豹則是有點火大的樣子。這是什麼全新的展開啊？我的心中頓時有種難以言喻的不安了。

在細雪開始翩翩飄落的夕陽下，我像隻小貓一樣被拎著脖子送達的地方——是教務科五樓，校長室門前。

「綠松校長，打擾了，我是高天原。我們將遠山金次同學帶來了。」

「好的、好的，請進。」

聽到房內傳來男性的聲音後，高天原便打開房門，走進裡面。

「好的、好的。辛苦了。」

坐在桃花心木製的辦公桌前、自從退學事件之後我就沒有再交談過的綠松校長……是這個人嗎？總覺得好像是這個人，又好像不是。

不會留在別人的記憶中——『看得見的透明人』綠松校長接著開口說道。

「首先，讓我恭喜你吧，『Enable』。你獲得了一個稱號。本校正式創辦以來的五年中，你是第十四位在校期間便受到國際武偵聯盟認定的學生。在入學第二年便獲得稱號的更是本校歷史上第二位，可說是一項壯舉。雖然不屬於常用漢字，不過你的稱號也獲得了在漢語文化圈中使用的文字。請你好好記住。」

他一句接一句地對我說明著，同時拿出一張水溶性紙，上面寫著『㱓（Enable）』。

雖然正式獲得稱號是很光榮的一件事啦……

可是竟然使用常用漢字以外的文字，還真討厭啊。

為什麼IADA（國際武偵聯盟）的命名品味感覺就跟國中生一樣啊？像亞莉亞的「雙劍雙槍（Quadler）」也是一樣。

「取這個字的意思就是——對至今為止不可能辦到的事情，在歷史中加入可能性。是個相當好的字。希望你不要辜負這個稱號，今後也能表現得更加活躍。另外，讓A班又出現一名稱號持有者的高天原老師，將可以獲得一筆臨時獎金。請妳等一下記得拿印章到經理課報到。」

聽到校長這麼說，高天原立刻高舉雙手做出萬歲的動作。怪不得她剛才會那麼開心啊。

「好了，接下來——就要來談談比較不好的話題。」

來啦。這次換成讓蘭豹不開心的理由了嗎？

校長攤開在辦公桌上的文件，我在進到房間的時候也瞥了一眼……好像是從美國跟中國送來的文件。另外還有一大疊厚厚的文件，上面印有英國的國徽。

「你實在是一名非常奇特的學生。在能力上的評價好壞不定，既有優點又有缺點。優點非常優秀，但缺點也非常差勁。當中最讓人詬病的——就是外部對你的注目程度了。」

綠松校長將桌上的文件推到我面前後……

「雖然義大利對你的評價是肯定的，然而像美國、中國……尤其是英國，對你則是相當否定。看來你讓太多單位把你列入危險人物名單了啊。」

啊……原來是那方面的訓話啊。我也在想這件事遲早會被注意的啦。

雖然我內心沒什麼動搖，不過畢竟這裡是校長室，我就姑且露出『真是抱歉』的表情吧。

「沒關係。畢竟這一類的問題學生，過去我也碰過兩、三名。而且培育有趣的學生，就是從事教職的醍醐味啊。雖然像你這種類型的學生，很容易會殉學就是了。」

原來以前也有過像我這樣的人啊？還有，最後那一句話會不會太多餘了啦？

「……不過問題在於，國外送來的抗議文件，我們也很難視而不見。而且現在的時期也相當不好。目前武偵廳與國家公安委員會之間的關係越來越深，而有一部分的公安與外務省又是死對頭。俗話說，敵人的同伴就是敵人。近年來，外務省已經變得不太願意幫武偵廳擋麻煩了。」

聽到這邊……隱隱約約地……我聽出綠松校長想講的話了。

對於包含我在內的學生們做過的各種調皮行為，武偵高中的基本方針都是採取放任主義。畢竟不論是強襲方面還是搜查方面，武偵經歷過的事件——而且是困難的事件——越多，就會變得越強。

然而，事情還是有個限度。像我就是太過引人注目了。而且都是在被迫捲入其中的各種地下社會中。明明我在學校都沒什麼表現的說。

「因此，很抱歉——遠山金次同學，武偵高中必須要對你做出處分才行。」

「請問是停學嗎？」

——處分。在表面上，必須要這麼做就是了。

我搶先詢問了一下處分的內容，結果綠松卻對我搖搖頭：

「我們要命令你退出巴斯克維爾小隊。畢竟來自英國的抗議實在太嚴重了。」

……嗚——被擺了一道啊。

簡直就像被人長距離狙擊了一槍。

校長為了讓我明白這項處分背後的原因，而刻意提到的『英國』——之前打算把他們寶貝的S級武偵・亞莉亞帶回國的時候，最後只差一步，卻被我搶走了。也就是在四月，ANA600號班機劫機事件之後。

所以那個英國武偵廳，就使出了政治手段啊。真是太卑鄙了。

從英國武偵廳，到英國外務省、日本外務省、日本武偵廳、東京武偵高中……雖然前後花了九個月的時間，不過這發遠距離狙擊，最後確實命中目標啦。

我帶著GⅢ與孫戰鬥，差點讓他喪命了。因此跟GⅢ關係匪淺的美國會對我擺臉色也是沒有辦法的事情。至於中國——香港藍幫先姑且不論，但操控著政治中樞，也就是在中國本土的上海藍幫，應該也對我沒什麼好印象。

好巧不巧，就是因為這些國家送來的抗議疊在一起……讓武偵高中不得不對我做出能讓諸外國，尤其是英國能夠接受的『處分』了。

（——這是打算拆散我跟亞莉亞是吧……）

而這項處分，同時也可以拿來說服美中『校方已經對遠山金次做出處罰了』。真是有趣啊，站在武偵高中的立場來看，這做法可以說是相當狡猾聰明。

正當我想著這些事情的時候，綠松接著……又說出了讓我感到意外的話：

「話雖如此，畢竟遠山同學缺乏社交能力，要是讓你一個人學習，你很有可能就會真的遭到孤立。這樣一來，你也沒辦法獲得成長。因此，我們要讓你加入其他的小隊。」

「……其他的小隊……嗎？」

我才不要哩。為什麼要跟我不認識的傢伙組隊啊？

像這樣，確實很缺乏社交能力的我，馬上就皺起了眉頭——而綠松則是接著說道：

「詳細的情況我們已經轉告新隊伍的隊長了。那個隊伍的成員們也是相當讓人頭痛的問題學生，因此我們讓你加入其中，負責監督。來，這就是那個小隊的資料。完畢。」

他說著，將一個印有武偵高中校徽的Ａ４信封遞到我手上。

然後就快快把其他資料都收起來，開始處理其他工作了。

「呃、那個……」

我拿著新隊伍的資料，又向校長開口——

「——既然校長已經說『完畢』，那就是完畢了喔，遠山同學。來，我們走吧。」

結果高天原立刻拉住我，把我帶出了校長室。

走在我們身後的蘭豹，則是保持著警戒背後的態度。

在我們的背後——我經常會不小心忘記，就是武偵高中裡最危險的人物——綠松武尊校長。這兩個人是在擔心惹校長不高興啊。

謠傳從國中時代開始就闖蕩過科索沃、馬其頓、阿富汗等等國家的高天原，以及打從出生就是貴蘭會——香港黑道的蘭豹，都在警戒著那位感覺在通勤電車上很常見、看起來只像個普通上班族的綠松校長。

看來……憑我這樣的貨色，根本就無法反抗他啊。

坐進裝有防彈玻璃的電梯中、總算解除緊張的蘭豹，說了一句「佑彩，獎金下來之後記得帶我到公關酒店請客啊！」然後不知道為什麼一把抓住高天原老師的巨乳，開始敲詐起來——而我則是背對著那兩個人，戰戰兢兢地打開信封。

接著稍微瞄了一下資料內容……我被迫要加入其中的問題小隊，名字是……『星座（Constellation）小隊』……？

我才在想怎麼好像有聽過，結果隊長就是『Jeanne d'Arc』。不是貞德嗎！

雖然能夠加入我認識的小隊算是不幸中的大幸啦。不過貞德她們到底是闖了什麼禍啊？

她應該就是因為這樣被傳喚的吧？我總覺得有種——今年第一發不好的預感啊。

當然，在極東戰役中，我依然還是會以『前巴斯克維爾小隊的遠山』繼續參戰。

只不過在校內一部分的課堂上，我變成要以『星座小隊的遠山』的身分參加了。

（在這方面，感覺會讓我跟亞莉亞她們的默契變鈍啊……）

問題不只是這樣。

在巴斯克維爾小隊成立之前，我、亞莉亞、白雪、理子與蕾姬彼此之間都有發生過不少問題。最後是跨越了這些隔閡，才總算結成小隊的。

人常說，不打不相識。我們小隊因此相當有向心力，每個人的能力（除了我以外）也都很強，算是感覺相當不錯的隊伍。

而如今卻有人必須要脫離小隊，想必對亞莉亞的心理上會造成很大的打擊吧？

亞莉亞對於將小隊登記到國際武偵聯盟的事情非常執著，而我的名字現在卻必須要從小隊名冊中刪除了。

感覺這件事真難說出口啊，尤其是對亞莉亞。

要是我沒有避開她的暴動開關，好好跟她講，搞不好就會演變成「新年開洞！」啦。

傷腦筋……自從回到日本之後，根本是問題不斷嘛。

接收到校長的異動命令後，過了幾個小時。

我跟貞德決定要召開一場星座小隊的緊急領隊會議。

於是我踏進跟貞德莫名有緣分的家庭餐廳「洛克希」……

「遠山，我在這邊……」

結果看到一臉愧疚、情緒低迷的貞德輕輕對我招手了。

她身上穿著武偵高中的水手服，裙子底下則是穿著黑色的絲襪。

看來就算是銀冰魔女小姐，在下雪的日子還是會覺得冷啊。

「妳到底是闖了什麼禍啊，貞德？」

只點了飲料的我，坐到兩人可以面對面的座位上……

「我們在校外教學II中，丟掉學分了。」

貞德雙頰染紅，把冰藍色的眼眸別開。明明這傢伙以前都會筆直地看著我的眼睛說話，甚至讓我感到害羞的說。

看來她是對於感覺好像把我拖下水的事情，打從心底感到很抱歉的樣子。

話說回來……這傢伙依舊還是這麼漂亮啊。

不管臉蛋也好，身材也好，外觀上簡直完美無缺。感覺就像什麼電影女明星或是雕刻藝術品一樣。

……對我個人來說，很難接受這樣的美女啊。

「這樣下去的話，我們全部的人都必須要留級了……」

「我說妳啊……校外教學的學分是要怎麼丟掉啦？那明明是只要參加就有學分的營

養課程啊。」

「你第一學期的時候不也是因為學分不夠差點留級的嗎？還有臉說那種話。」

她用碧眼狠狠瞪了我一下……

從「對不起期」慢慢轉變成「發脾氣期」了。

緊接著子彈與利刃之後，這世上最危險的東西就是女人發脾氣啦。

透過亞莉亞已經徹底經驗過這一點的我，只好嘆了一口氣，轉換自己的心情。

畢竟像這樣責怪貞德也沒什麼意義啊。

「所以妳是為什麼會丟掉校外教學II的學分啊？」

「我把東西遺忘在日本了。」

貞德輕輕咬著指頭，把視線落在咖啡杯上。

「遺忘什麼？」

「星座小隊的副隊長中空知，還有隊員島莓跟京極目目。」

「呃……是把人忘記啦？話說，我看了一下教務科給我的名冊……那不就是星座小隊除了妳以外的所有人了嗎！到底是怎麼回事？」

「我畫圖跟你說明吧，遠山。」

「不，不用了。拜託妳用口頭說明吧。」

「我們當初是約好要在新加坡的樟宜國際機場會合的。可是當我抵達的時候，卻只有我一個人，怎麼等都等不到那三個人來。中空知走在機場的時候把行李搞丟了；島欣賞著飛機，結果就沒趕上自己要搭的班機；京極則是因為精神上的理由缺席。以上。所以我們被教務科要求參加補考了。」

就算她這樣對我說明……我還是有聽沒有懂啊。這是在搞什麼？

根據規定，參加校外教學如有成員缺席，必須找人代理。而且一個小隊最多只能有一名成員缺席。

現在卻出現了三名缺席者，再怎麼說都說不過去啊。校外教學的補考，簡直是前所未聞。

「……又要去新加坡嗎？」

「不，跟武偵高中有合作的旅行公司準備的新加坡機票只有到十二月……因此在三年級要參加的校外教學V指定區域中，我們被嚴格規定要前往機票還有空位的歐洲了。行程也必須要遵照三年級的規定。」

「歐洲？對我們師團來說，去那地方搞不好會刺激敵人吧？」

「──反過來說，那裡也是我們現在最需要前往援助的地方。畢竟像梵蒂岡、自由石匠跟伊．U殘黨鑽研派都有向我們提出援軍請求。這算是因禍得福呀，遠山。」

抬起頭看向我的貞德……

一臉得意的表情就好像是在對我說：我們就來好好利用這次被命令跳級參加的校

外教學V吧。

「關於這件事情，我已經跟玉藻討論過了。我們要前往的就是目前歐洲戰線的前線——巴黎。別擔心，法國是我的祖國，我有地利呀。」

對我個人來說……這根本就是因禍得禍啊。

玉藻的作戰，Rampage decoy——『暴徒陷阱』。

我在不知不覺間、很快地、擅自地被分配到陷阱的角色啦。

不過，哎呀……反正我也才剛去過國外，雖然還不到習慣的地步，至少也已經有出國的勇氣了。

而且亞莉亞被眷屬搶走的殼金也必須要搶回來才行啊。那是我的責任。

這工作與其要交給別人，應該是我自己要去做吧？

因此……雖然我依舊沒什麼幹勁……

「知道了，我就跟妳一起去吧。」

還是對感覺沒自信一個人負責當陷阱的貞德……

說出她應該最想聽到的一句話了。

「Merci（謝謝），遠山。雖然不知道會不會在巴黎碰到，不過納粹軍曾經是三代前的貞德・達魯克……也就是我曾祖母在法西斯抵抗運動中對峙過的對手，與我一族的關係匪淺。就讓我打從心中感謝你的勇敢參戰吧。」

雖然對我爺爺來說，當時的德國反而是同盟國家啦……

然而，昨日的朋友，今日的敵人。

雖然這不是在學諸葛的意思，不過為了活下去，還是把現在跟過去劃分清楚吧。

過年氣氛猶存的一月五日早晨。

從巴斯克維爾小隊隊長轉任星座小隊監察員的我——

搭乘總武線直通的橫須賀線快速列車，來到了成田機場第二航廈。

畢竟如果監察員遲到也很說不過去，因此我比起飛時刻提早許多便抵達現場……

也就是這次改為在國內的會合地點，國際線出境大廳內——位於NAA會合大廳的星巴克。

結果……看到啦。

蠢蛋小隊「星座」的重鎮——中空知美咲。

她把又大又笨重的旅行箱放在對面座位上，然後拚命讀著一本叫『讓對話順利的21個習慣』的書。因為被瀏海跟眼鏡遮住的關係，我不清楚她現在的眼神怎樣。

於是我一手端著咖啡，走近她身邊……

「早。你今天是戴眼鏡的啊？」

聽到我搭話的聲音，中空知趕緊抬起臉，「啪！」一聲把書闔上，結果自己被那聲音嚇得慌張起來。然後不知道為什麼，把書藏到穿著裙子、感覺有點大的屁股底下後……

「滋、早、早像好！監察員打人！」

我想她這句應該是在說『早上好，監察員大人』吧？雖然她完全沒有發揮出書本的學習成果啦。

接著，她對我深深一鞠躬，讓長長的秀髮擺向前方。

結果她的眼鏡也因此移位，害她又再度慌張起來了。

（這就是星座小隊的副隊長……）

總覺得事情才剛開始，我就有種不安的感覺啦。

——別看這位中空知美咲這副德行，她好歹也是一名通信員。

然而，因為極度容易害臊的個性，讓她在別人面前很難好好講話。可是一旦使用通信器，她就會講話流利得像電臺廣播員一樣。雖然我講這種話很奇怪，不過她真的是個奇怪的女人。

「嗚哇哇哇男生、男人、圓山童鞋呀#咕$啊%耶&呼#嘰$摳%&？？？」

中空知抬頭看向站在她眼前的我，不知道為什麼興奮地呢喃著奇怪的話語。

「啥？」

「沒、沒事，我我我自言自語而已，請請請不要在意！呃！對對、對不起！我竟然自、自己一個人、霸占座位！」

中空知結結巴巴地說著，並且把自己的行李從對面座位上移開。

結果……啪唰！

莫名巨大的行李箱不小心被打開，讓雜亂地塞在裡面的衣服啦、書本啦、耳機啦、還有手槍（！）都撒了出來。

未、未免也太凌亂了吧……！

「喂、喂！至少把手槍給我收好啊。」

我說著，從中空知的襯衫下把槍撿起來……好、好重！這是什麼！

（……柯、柯爾特・巨蟒……！）

這可是一槍就能斃掉熊或水牛、發射點四四麥格農彈的大型左輪手槍啊。

而且還是槍身最長的八英寸樣式，怪不得會這麼重。中空知，這就是妳的配槍嗎？

「妳……怎麼會用這種怪物啦？」

畢竟這裡是機場，於是我用襯衫包住手槍並還給她後……

「我、我沒有用過呀。」

喂。

「那妳為什麼要選這把啦……」

「因、因為手槍、很可怕……我也不太懂，要查資料也很可怕，所以我不是很懂，可是校規說要佩帶才行，所以槍砲店就推薦我、這、這個了。而且還算我比較便宜，打七折……」

中空知抱著俗氣的內衣，解釋得語無倫次。

啊～這就是因為無知跟軟弱的個性，讓店家得以趁機賣掉積倉貨的典型案例啦。

仔細一看，這把巨蟒手槍，是轉輪設計不良的初期樣式啊。

話說，什麼「手槍很可怕」啦？我經常都在想，真虧妳可以當武偵呢。

不過，哎呀，反正中空知……講好聽一點是身材豐滿。雖然因為是女性，所以我沒問過，但她的體重應該也不輕。算是對於使用大口徑手槍比較有利的體型吧？

（畢竟這世上也有小不點使用兩把大型手槍的例子，應該沒必要太神經質吧？）

就這樣，我與……無意識中強調著自己豐腴的大腿、讓人感到頭痛的中空知，兩個人一起把雪崩的行李塞回行李箱中。

「這把折疊刀是什麼？」

「是、是肥後守。因為、刀劍的佩帶、也有佩帶義務的關係。」

「刀跟槍的平衡還真差啊妳……那這條紅色的繩子呢？」

「個個、個人興趣的、翻花繩。」

……都已經高中生了，興趣竟然是翻花繩……

話說妳啊，為什麼在近處講話都絕對不看我啦？

可是等我走去垃圾桶丟垃圾的時候，又會目不轉睛地看著我的背部，我轉回身子對上視線時，卻又抖一下然後把臉低下去。看起來整個就是舉止可疑啊。

將中空知的行李再包裝結束後，因為距離集合時刻還有時間的關係……

「用翻花繩變些什麼來看看吧。」

喝著咖啡沒事做的我這麼一說，於是中空知就從行李箱中拿出紅色的繩子……沙沙、沙沙，照我所說地開始變出什麼花樣來了。

接著……

「五、五重塔。」

是五重塔啊……！超強的。

「很不錯嘛。」

我照心中所想的這麼稱讚後，中空知就臉頰泛紅……「嘿嘿嘿～……」地傻笑起來。雖然有點噁心，不過……總覺得莫名有種可愛的感覺。這就是她惹人喜歡的地方吧？

正當我們這樣互動的時候——

「遠山，中空知，早安。」

「哈囉，遠山。」

大概是因為裝了那套輕型鎧甲而顯得行李很多的貞德，以及幾乎是雙手空空的……華生？

華生小妹妹也來啦。雖然她穿的是男生制服就是了。

「為什麼連華生也來啊？」

「你太失禮了吧？我是京極同學的代理啦。另外……」

咚、咚～咚咚。華生假裝抓住我的肩膀，很快地對我打出敲指信號。

『ＴＡＭＡＭＯ　ＦＥＷ』——是指玉藻（Tamamo）命令她來當極東戰役的援軍吧？

看來玉藻她……覺得援軍人數不足的樣子。畢竟其中一個人是我，這也難怪了。

而且華生是英國出身，對歐洲的事情應該很了解；她所屬的自由石匠目前也正在苦戰中，所以這算是很適當的人選吧？

「說是『代理』，那京極目目……是嗎？那個鑑識科的。那傢伙又怎麼啦？」

我問了一下星座小隊的隊長——貞德，結果……

「她平常都是用通訊講座的方式在上課的，不過這次睽違半年走出家門，卻引起氣喘而住院了。所以目前這些人就是這次能參加的成員啦。」

「……………」

只是到機場而已，就已經有人脫隊啦……！

這次的校外教學，同時也關係到我的評價啊。要是因為連帶責任而留級的話，該怎麼辦啊？看來我要好好統率剩下的這些傢伙才行。

因為監察員必須要在出發前確認全員到齊的關係……

「那就準備出發啦。注意！」

聽到我發出號令，貞德與華生便馬上立正站好，來到她們旁邊的中空知則是莫名其妙地差點跌倒，讓行李箱又「啪喇！」了一次。

如果我手上拿著竹刀，一定會狠狠敲一下她那不知檢點的屁股。但畢竟沒有竹刀……

「報數！」

因此我只好當作沒這回事，繼續確認人數了。

「一！」

「二！」

「斯、三！」

「四的呢～」

呃？

接著貞德、華生與中空知之後，好像還有一個聲音？而且是語調奇怪的女生聲音。

可是我卻看不到人影，而忍不住歪了一下頭……

結果從轉回頭的華生背後，一名像法國人偶一樣的女孩子忽然探出臉來。

「噗噗～♪」

用嘴巴模仿汽車喇叭的聲音，並出現在我們面前的……

是一位有著輕柔飄逸的淡褐色秀髮、用圓滾滾的大眼睛看著我們的女生。身高——目測大概是一三五公分上下，別說是亞莉亞了，甚至比間宮還要小隻；背上背著感覺是小女孩用的背包；腳上那雙裝飾有大蝴蝶結的粉紅色漆皮鞋，大概只有二十公分左右。

另外就是……呃、她的衣服，全身都是粉紅色跟白色，可說是蝴蝶結跟荷葉邊構成的要塞；頭頂上戴了一個比自己腦袋還寬的粉紅色蝴蝶結；袖子、衣襬、飄飄展開的粉紅色裙子與疊在上面的圍裙、印有粉紅色愛心圖案的白色膝上襪等等地方，都裝備著大量的蝴蝶結。

跟那條圍裙的肩帶連成一體的水手服領巾……該不會……

「監察員大人，初次見面的呢。我的名字叫島苺的呢！」

果然是武偵……她也是星座小隊的成員嗎……！

我為了進行確認而仔細觀察她的衣服，才勉強看出了一點點武偵高中女生制服的痕跡。例如鼓成草莓形狀的袖子肩膀上，被皺褶遮住的校徽之類。

怎、怎麼可以把制服改造成這副德性啊？比理子還要誇張，幾乎沒有留下制服的原型啦。

「遠山，你為什麼要露出那種飽受衝擊的表情？她是車輛科的A級武偵，在二年級當中可是被視為武藤剛氣的強勁對手，是我們星座小隊的優秀人才呀。」

「少騙人啦，那麼短的腳根本連油門都踏不到吧？還是說，在車輛科就算騎三輪車也可以拿到A級嗎？」

我稍微用強襲科的口吻如此調侃……結果島就變得淚眼汪汪，「嗚……」地快要哭出來了。精神層面也太弱了吧？

貞德看到我一下子就惹女孩子哭出來，頓時露出不悅的表情。於是——

「啊……別哭別哭，是我錯了。剛才那個，呃……是我失言了。抱歉。那我們就出發吧，大家可別跟丟啦。」

不想被凍成冷凍焗烤的我只好趕緊安慰島，好不容易讓她停止哭泣了。

接著，大家排成一列，穿過出境海關……

照電子標示走向前往巴黎的JAL405號班機停靠的63號登機門的時候……踏踏踏。

我聽到後面傳來腳步聲而轉回頭，就看到貞德、華生與中空知的身影，卻沒看到應該跟在最後面的島。

（一下子就出現脫隊的人啦！）

臉色發青的我趕緊到處尋找，終於找到了。

島穿著漆皮鞋的腳用女孩子的跑步方式，一路衝向跟我們完全沒關係的登機門窗口。

接著爬上窗緣，把全身貼到窗玻璃上。她到底在搞什麼鬼啊？

「喂、喂，島，我剛剛才說過不要跟丟的吧！」

趕到她身邊的我，用左手壓抑著想要一拳揍下去的右手，並對她提出警告……可是……

「監察員大人也快來看呀。那是全世界最大的客機，空中巴士A380的呢。最高乘載人數853人，最大起飛重量560公噸，全機雙層設計，可說是空中飯店呢。呼哇～……好棒、好大的呢……！」

島那對像動畫人物一樣的大眼睛露出陶醉的眼神，雙頰微微泛紅。

用漫畫來形容的話，感覺她的周圍都冒出了一堆愛心圖案啊。

「哈哈哈。島就是很喜歡像巴士、電車或客機這類大型的交通工具呀。當中最喜歡的，我記得好像是神盾級戰艦吧？」

落落大方的隊長——貞德在一旁笑著，並對我進行說明。

「才不是的呢。是核動力航空母艦先生呀。呀哈♪」

島就像是在說著自己暗戀對象的名字一樣，害羞地用雙手托著臉頰。

那表情跟動作，完全就是戀愛中的少女。

看來島……是因為自己很小隻，所以特別喜歡巨大的交通工具啊。以高中女生來說，這興趣雖然教人退避三舍，不過或許對車輛科來說是很受歡迎的人才也不一定。

「島、島啊，這可是補考，給我搞清楚自己的立場啊。快點到63號登機門吧。要是沒趕上班機，就確定要留級囉？」

「噢噢，真是漂亮的高旁通比渦輪扇發動機。全世界唯一的四引擎寬型民航機……真是教人小鹿亂撞，停不下來呀。莓的機油都要、都要……！」

「——啊啊，受不了！那妳等一下就寄情書給它啦！」

已經很習慣對付小不點的我終於忍無可忍，一把抓住島那件超級改造制服的衣領。

「放、放開我呀～！照片、至少讓我拍一張照片呀～！」

用蘭豹直傳的『拎小貓』，把哭個不停的島直接運送到巴黎班機的登機口了。在途中，中空知還讓行李箱「啪唰！」了兩次。

……該死。

為什麼我必須要加入這種小隊啦？

天然呆參謀貞德、吊兒郎當的中空知、家裡蹲的京極加上愛哭鬼的島。

雖然巴斯克維爾小隊的女生們也很讓人頭痛，但至少她們在關鍵時刻都很值得依靠——以武偵來說很值得信賴。但是這群傢伙根本完全沒有那種感覺。

沒有一個人可以信賴。雖然取了「星座（Constellation）」這樣優雅的隊名，可是每個人都像個廢物，根本是一群缺陷品嘛。

要跟這樣的一群人共同行動，搞不好會送命的啊……！

我把好不容易才放棄掙扎的島放下來，走到63號登機口前——

竟然看到了亞莉亞、白雪、理子與蕾姬……！

巴斯克維爾小隊的四個人等在那裡，看見我們的身影便聚集過來。

雖然大致的情況我之前已經用幾經推敲的郵件告訴過她們了。不過……

「妳們……是來送機的嗎？還特地跑到這種地方來。」

還是很害怕會被罵的我，膽戰心驚地如此問道。結果換來亞莉亞深深的一口嘆息：

「是理子說什麼要給你一個驚喜，所以我們才特別經過機場的許可，到登機口來的。教務科也有寄郵件通知過我們。你真的被踢出巴斯克維爾小隊啦？」

「小金……將來就算小金被公司開除了，我也會連你的份一起努力工作的！這次我就要向你證明這件事！」

「驚喜呦～！欽欽，到了新的小隊也要加油喔？」

總覺得大家好像都已經把心情整理好了，但話說回來，我的存在也未免太輕了吧……！

不過……這氣氛看起來好像是這四個女生已經討論過，決定不要對我生氣的樣子。

島趁我沒注意的時候，又快步衝向窗邊，而中空知則是趕緊追上去……

等到現場只剩下極東戰役關係人之後，蕾姬緩緩走到我面前：

「無論是在哪個小隊，我都會助金次一臂之力。我們烏魯斯無論何時，永遠都會在你的身邊。」

看到蕾姬抬頭望著我，說出這樣的話——

理子與亞莉亞立刻把她拖回去，白雪還從身後抱住她，把她壓制下來了。

「東京方面就放心交給理子們吧！管他是妖刕要來，還是魔劍要來，理子們都一定有辦法對付啦！嘻嘻嘻！」

「你們要好好幫助歐洲方面的勢力喔？另外，金次……我已經在想辦法，讓你可以回到巴斯克維爾小隊了。」

亞莉亞說著，伸出手指輕輕指向上面。

上面。也就是她要去說服上頭的人……日本與英國的外務省吧？

「……謝謝，感激不盡。畢竟我在那方面完全不行啊。」

「真是的。算你欠我一次囉？我跟你之間，都已經不知道互相欠過對方多少人情了呢。」

聽到我老實道謝，亞莉亞也露出犬齒，回應了我一個笑容。

「貞德也要加油喔～？來，拿去。這是文文為妳做的餞別禮！妳要在巴黎好好宣傳日本『可愛』的極致喲！」

理子踮起腳尖，咚。

把一個裝有毛絨絨白色貓耳的髮箍戴在貞德的頭上。

從重量感看起來，那似乎是指向性集音器的樣子……不過為什麼要做成那種形狀啦，平賀同學？

「來，喵一聲吧，喵德！」

貞德被伊．U時代以來的戰友——理子這麼一說，便把貓耳型集音器戴好……

大概是對女生比較放得開的關係……

「喵？」

用手做出像貓一樣的動作，搞笑了一下。

好……好可愛啊。

因為跟她平常凜然的態度有巨大的反差，莫名讓我怦然心動了。看來貓耳型集音器對我來說是一種危險物品的樣子。拜託妳別把危險物品帶上飛機啊。

在我經常跳海的東京灣上空，緩緩盤旋飛行的ＪＡＬ４０５號班機中——

（又要暫時道別啦，日本。）

坐在窗邊的我雖然心中想著這樣的事情，可是卻因為前面座位正貼在窗口的島，害我完全沒辦法沉浸在感傷的心情中。她大概是看到機翼緩緩變形的樣子而感到興奮了，「呼、呼」的喘氣聲實在有點恐怖。

在島旁邊，似乎不習慣坐飛機的中空知早早就拿著嘔吐袋吐了一場，不久後端出來的機上餐點她也吃得慢吞吞的，害人都忍不住為她感到焦急。看來中空知是那種在小學時代，都已經進入午睡時間也還沒吃完營養午餐的類型啊。

噴射客機這次是逆著地球的自轉方向，一路不斷往西邊追著太陽飛行。

因此就算到了日本的晚上時間，窗外還是非常明亮，讓人沒什麼時間感。

就在這樣分不清白天還是夜晚的時間中──

「遠山，關於這次的事情……真是抱歉。我明明有聽玉藻說過你不太習慣到國外的說。」

在乘客們彼此的肩膀幾乎都會碰在一起的經濟艙中，坐在我旁邊的貞德忽然對我道歉了。

貞德之前在洛克希也表現得對我很愧疚的樣子。大概是覺得很自責吧？

因為美女在身邊對自己說話的情境而不禁感到害臊的我，趕緊把眼睛別開……

「別在意啦。我想你或許也有聽蕾姬說過，我正在被救護科的望月跟尋問科的鏡高死纏不休……現在留在日本也只會覺得尷尬啦。」

為了安慰她而如此說道。

於是貞德感到好笑地輕輕笑了一聲——

讓她那莫名妖豔、睫毛長而柔軟的雙眼瞇了起來。

接著，她或許是在意前面的島、中空知以及後面的華生，而把她薔薇色的嘴脣湊到我耳邊……

「也就是說，你這是帶著我逃跑的意思囉？私奔嗎？」

對我小聲呢喃了一句成熟又誘人的話。

「妳在說什……」

我忍不住轉過頭去……

「呵呵，晚安啦，遠山。」

結果貞德又妖豔地瞇起眼睛，把放在座位上的毯子輕輕蓋在自己身上。

然後閉上她那雙冰藍色的眼眸——靜靜睡著了。

（……她沒說是在『開玩笑』啊。）

因為只是看著沉睡的貞德不會讓我感到太害臊，於是我就這樣欣賞著她那宛如從電影中冒出來的美麗臉龐。

貞德真的是個美女……

而且個性上相處起來也讓人很有好感，卻又有點天然呆，實在是個教人難以理解的女人。

而我這次就是要跟這個貞德一起前往我搭檔亞莉亞的故鄉——歐洲。

我原本還以為如果要去的話，應該會跟亞莉亞一起去的說。

看來我的人生總是充滿超乎預想的事情啊。不，或許每個人的人生都是如此也不一定啦。

3彈　化裝舞會

我被降落前十五分鐘的廣播叫醒後，看向窗外……

下面是一片宛如拼圖般被道路劃分開來的田園地帶。

看來我們已經來到法國上空了。現在我看到的，就是法國的風景。

我們準備要降落的地表上，總覺得好像帶有橘紅色的色彩。應該是因為土壤中的紅土成分比較多的關係吧？

歐洲中部時間（ＣＥＴ）下午三點，ＪＡＬ４０５號班機在夏爾．戴高樂機場降落了。

走到寒冷的機外，宛如花香般酸甜的香氣便撲鼻而來。感覺像馬賽香皂的香氣。想必這就是這塊土地的香味了吧？

完成入關審查，在護照上蓋了法國的印章後——

星座小隊一行人穿過入境海關，在以尚賽所畫的『玩紙牌的人』為主題的Philips廣告看板前重新集合了。

「校外教學Ｖ的課題是盡量每個人單獨行動，最少也要分成兩隊個別行動才行。畢竟我們是跳級參加，分成兩隊應該就夠了。貞德小隊是貞德跟我前往巴黎，中空知小隊就由中空知、島跟華生組成，前往布魯塞爾。」

我按照事前跟貞德與華生討論過的內容開始進行說明。

這次主要由貞德立案的作戰就是——

首先，為了不要牽連到跟極東戰役無關的中空知與島，因此讓她們遠離戰鬥前線的巴黎。

另外，為了預防我跟貞德遇上眷屬後，被迫要進行撤退戰的狀況，因此將避難所設在布魯塞爾。

比利時的首都——布魯塞爾位於巴黎的北方，目前還屬於師團的勢力圈內，是比較安全的都市。只要讓衛生科的華生負責在那裡守備，防衛上就算萬無一失了。

接著，手上提著只裝有換洗衣物的行李箱的我……

以星座小隊監察員的身分，遵照規定向大家提出訓示：

「在這次的校外教學中，大家各自去做自己想做的事。想要觀光就去盡情照相沒關係，不會有人強迫各位要做什麼事。不過，如果各位對自己的將來都充滿想像力，就應該很明白現在不是只顧著玩的時候。接下來的世界中，各種事物都會年年趨向國際化。武偵當然也不例外。我們或許將來又會有機會來到歐洲工作。如果各位以為自己是普通的觀光客，只顧著遊山玩水，將來在這塊土地上戰鬥的時候就會喪命，被邀請來到這塊土地時就會得不出成果。為了不要發生這樣的狀況，即使必須暗中摸索也好，盡自己的可能去學習吧。所謂的校外教學，就是一趟學習之旅。完畢。」

因為監察員指南書上是這樣寫的，所以我照本宣科地如此說道後……

「是、是的！」

「我明白的呢～」

中空知因為第一次出國而徹底露出畏怯的表情，島則是毫無緊張感地用笑臉回應我。

這兩個人，看來都完全沒有在聽我的訓示啊。實在有夠星座小隊的。

「遠山。」

將長途飛行中變得有點凌亂的秀髮梳理整齊的華生，對我竊竊私語：

「照事前說好的，萬一你們遇上什麼問題，記得要逃到北方來啊。從巴黎到布魯塞爾，不管開車還是坐電車，都可以馬上逃脫。就算那裡被攻陷了，我們還可以撤退到更北方的阿姆斯特丹，接著撤退到倫敦。各地的移動時間都只要花上幾小時而已。在歐洲的國與國之間，你可以想成在日本縣與縣之間的距離感就行了。」

雖然華生還算淺顯易懂地對我說明著，不過……

「別說得把逃跑當成前提啦。我們一定會反攻過去把西班牙跟德國搶回來的。」

因為遠征到國外而有點亢奮的我，稍微氣勢高昂地如此回應她。

「遠山會如此積極，我是很高興啦。但是千萬不要大意。歐洲跟亞洲不一樣，是眷屬占上風的土地呀。」

然而華生依舊沒有放下警戒心——

「貞德，遠山就拜託妳了。」

留下這句話後，便帶領中空知跟島離開了。

我在貞德的帶路下，決定從機場搭乘區域快鐵（RER）前往巴黎市區。

兩個人搭乘著像京成 Skyliner 一樣的鐵路列車，抵達了巴黎北站後……我不禁嚇了一跳。

這個車站明明對觀光客來來往往的巴黎來說就像玄關一樣的地方，可是卻相當昏暗、髒亂而且冰冷，到處可以看到零零星星的可疑分子。感覺像流浪漢或是藥物中毒者的傢伙們占據牆角，身穿迷彩服的警衛們拿著犢牛式的機關槍（FAMAS）進行著巡邏。

（看來治安不太好啊……這就是被人讚頌為「花都」的巴黎嗎……）

雖然這種話我沒辦法跟走在一旁的貞德說，不過總覺得有種夢想破滅的心情呢。

然而，這種程度的昏暗氣氛，對個性陰沉的我來說或許剛剛好。髒亂的環境我在香港早就看慣了，而且惡劣的治安對我這種職業來說也不算什麼。

再說……像這種地方，應該住宿費也比較便宜吧？搞不好很適合我呢。

「那麼，貞德，我就在這附近找飯店啦。」

我叫住拖著行李箱的貞德如此說道後……

「不要浪費錢了。而且這裡並不是什麼好地區。你到我房間來住吧。」

貞德竟然一臉認真地對我說出了這種話。

「妳在說什麼啊？妳是個女的吧？」

「是沒錯，那又怎麼樣？」

「不，呃……」

傷腦筋。明明兩個人講的都是日文，卻有種溝通障礙的感覺啊。

看到我搔著後腦的樣子，貞德小聲笑了一下。

「呵呵，你是在害怕跟魔女兩人獨處嗎？」

「不，那一點我倒是因為白雪之類的傢伙，已經習慣了啦……」

「Follow me（跟我來吧）。車站的扒手可是很多的。」

馬馬虎虎敷衍過去後……貞德又邁步走向計程車招呼站。

於是我也只好跟在她的後面了。

兩個人就這樣坐上了計程車……

「Galerie des Arcades. 76 Avenue Champs-Élysées, s'il vous plaît.（麻煩到香榭麗舍

大道七十六號，拱門走廊）」

聽到貞德用自然而流暢的法語對司機如此說著，害我忍不住心動了一下。

巴黎現在……明明才下午五點而已，就已經暗到像是夜晚了。這也難怪，畢竟這城市的緯度比札幌還要高啊。不過氣溫倒是沒有冷到像札幌那樣，聽說是因為有溫暖的偏西風在吹的關係。

在巴黎的市區內，計程車漸漸開向市中心的方向——

於是窗外的街景慢慢變得璀璨起來。

無論是店家還是飯店，都感覺越來越高級。

（看來巴黎跟香港一樣，貧富之間的差距也很大啊。）

就在我想著這樣的事情時，不知不覺間——

車子便來到我在電影中看過、正如我印象中的巴黎街道上了。

大馬路兩旁都是到處裝飾著雕刻、感覺相當壯觀而華麗的石造建築。外牆都以乳白色為基礎色，呈現出完美的統一感。

每一棟建築物看起來好像都很有歷史價值。不，這些應該確實都是已經有一、兩百年歷史的建築吧？畢竟巴黎跟東京不一樣，是個沒有因為戰爭或大地震而經歷過毀壞的都市啊。

貞德似乎拜託司機，讓計程車稍微繞了一點遠路。

「遠山。」

接著，她戳了一下我的肩膀——

於是我透過車窗看向她手指的街角廣場，便看到了一尊威風凜凜的黃金女騎士像。

不用說明我也知道，那就是法國的國民英雄——貞德．達魯克雕像啊。

我不禁對貞德苦笑一下，貞德則是露出非常得意的表情，還了我一個笑容。

「遠山，你看巴黎都沒什麼高樓大廈吧？」

「確實……都沒看啊。每棟建築看起來大概都只有十層樓高而已。」

「這是為了不要破壞景觀，所以從以前開始就用法律限制了建築高度的關係。」

原來如此。巴黎是將整座城市都當成一種藝術品，很有計畫地建造啊。

怪不得會讓人看得如此入迷。

「唯一的超高層建築物，就只有那個了。」

貞德說著，伸手指向窗外——

是燈光照耀下的艾菲爾鐵塔，與明月一起將夜空照成黃金色的光景。

明明剛剛才對大家訓示過，自己卻已經徹底像個觀光客的我——搭著計程車來到了巴黎最熱鬧的一條街，也就是充滿新年氣氛的香榭麗舍大道。

用東京來比喻的話，這裡就像表參道一樣，是高級品牌商店林立的大馬路。街景閃亮耀眼、熱鬧無比，路上的行人們看起來都很愉快。

然而，當我下了計程車，踏到寒冷的路面上後……

才發現這條街雖然遠看很美，但近看道路或樹木卻很髒，路上還有垃圾呢。

見到這種情景，反而會讓我體認到日本的衛生觀念之高啊。

「走吧，遠山。」

貞德叫了我一聲後，轉身帶我走進香榭麗舍大道上的一棟建築物——感覺在古代應該是讓馬車可以直接進入的石造拱門中。

我們兩人的行李箱輪子就這樣滾動在鋪設成美麗幾何學圖案的地磚上。

骨董店、裝飾品店、鞋店、精品店、咖啡店……在琳琅滿目的店家之中，有一扇自動上鎖式的門。

看來這裡應該就是通往上層——出租公寓的入口。

貞德輸入密碼打開門後，走進一臺邊緣鍍金的電梯……這電梯又跟日本完全不一樣了。首先，要用手打開外側的門，走進裡面並指定要前往的樓層——貞德按下三樓（地面那一層似乎是零樓，所以在日本來說是四樓）——之後，等內側的門關上才會開始移動。

接著，我們來到三樓……走在充滿之前聞到的那個歐洲獨特花香的昏暗走廊上。

「就是這裡了。」

貞德從長形錢包中掏出鑰匙，準備打開似乎是她自己房間的三〇五B號房。

「真的沒關係嗎？」

「這裡八區的房間是我個人的不動產，所以你用不著在意。我這一族的家是在十六區。」

「不，我不是在講那種事啦……雖然都已經跟到這邊了，不過讓男性在一名女性獨居的房間中過夜，呃，該怎麼說……」

「我也是第一次讓家族以外的男人進到房間中。不過，Que sera sera（順其自然）啦。」

——喀嚓。貞德把門打開了。

因為貞德最後講的不是日文，讓我不太明白她到底是怎麼打算的。不過……

簡單一句話，我真的很不擅長應付這種狀況啊。

我雖然以前也進去過蕾姬、亞莉亞跟理子的房間，不過那是女生宿舍，所以我多少在在心情上有所節制。

但這次是旅行住宿。別說是其他學生了，連身為前女性自衛官的舍監都沒有。貨真價實的兩人共處一室，讓我的胃都開始痛起來啦。

不過……我……

……現在真的、很想睡。

雖然巴黎還是冬季時間的下午六點，但換算成日本時間就是凌晨兩點。

就算在飛機上有稍微睡過一下，但這樣的時差還是比胃痛還要難熬啊。

香港的減一小時對我來說還沒什麼差，可是巴黎的減八小時實在太強烈了。

——真沒轍。

我就借宿一晚吧。畢竟現在去找飯店也很麻煩，而且這附近的價格感覺很貴啊。

「……打擾了。」

就這樣，我跟在貞德後面，走進她的房間——

聞、聞到啦，女生房間特有的香氣。明明這房間應該很久沒住人了，可是這種不知道該說是費洛蒙還是氣味的東西看來還是會保留下來啊。

這種莫名像青草一樣、清爽而充滿潔淨感……而且很像女性的香氣，害我瞬間就清醒了。因為太香的氣味造成的爆發性恐懼。

貞德「啪」一聲打開電燈後，沒脫鞋子就走進去的——是一間貼有靛青色壁紙的客廳。地板上則是鋪著深褐色的木板。

還真是像法國電影中會出現的時尚裝潢啊，有夠成熟。

而我也跟著踏入那客廳中，但是在家卻不脫鞋子……實在很不習慣。

因此我想要脫掉鞋子而轉頭看向門口，卻見到鞋櫃上陳列著滿滿地都是貞德的短靴與皮鞋，感覺完全沒有讓我放鞋子的空間。

「……妳沒什麼高跟鞋嘛。畢竟那穿起來很不好行動，看來妳很有身為武偵的自覺。」

我想說至少要先誇獎一下別人的房間，而如此說道後——

「不，那是因為我討厭的關係。我的身高已經很高了，不想要穿了高跟鞋看起來更高呀。」

把行李箱放到牆邊的貞德，卻把嘴巴凹成了「ㄟ」字形。

「……還真是意外。法國女人的理想不就是看起來很高䠷的外型嗎？那樣比較適合像香奈兒襯衫之類的衣服……」

「你是在講什麼時代的事情啦，遠山？現在巴黎貞德品牌的流行是像理子或亞莉亞那樣『可愛』的外型呀。」

貞德打開暖爐，因為身高的話題而變得有點不高興了。

似乎一下子就選錯對話選項的我……

倒是不覺得貞德有她自己講的那麼高啊。應該還不到一六五才對。

不過，大概對她本人來說，還是會很介意吧？像她之前在女生宿舍的隱藏房間中試穿女僕咖啡廳制服時，也講過類似的話。

「……」

為了不要再多嘴惹她生氣，我只好拉上嘴巴的拉鍊，觀察起房間。

因為貞德是個愛讀書的人，所以書架上可以看到很多法文的書籍，桌上則是擺著蠟燭與看書用的眼鏡。雖然這客廳看起來很時尚，不過……臥室倒是不知道該說女子力很高，還是很有少女風情。在這一點上就可以感受得出來貞德這個人在興趣上的雙面性啊。

在臥室裡那張理子應該會很喜歡的洛可可風格化妝臺上，擺著許多化妝用品與裝飾品。感覺並沒有整理得很整齊。

另外，在擺飾著水晶與十字架的玻璃櫃上——周圍刻有漢字「伊」與英文字母「U」的戒指並沒有逃過我的眼睛。

我想那應該就是伊．U的學員戒指吧？

（貞德……原本是伊．U的成員，是我的敵人……啊。）

就在我回憶起過去被貞德的策略翻弄、為了保護白雪而奮戰的那些往事時……

「從日本到歐洲來，就會有種好像在熬夜的時差感覺。你就喝杯咖啡，讓自己清醒一下吧。我是已經習慣了，所以沒什麼關係啦。」

忽然從廚房傳來貞德的聲音。

於是我裝作沒看到那枚戒指……

「也就是說……如果回到日本就會有早起的感覺是嗎？那對我來說比較難受啊。畢竟我很不習慣早起。」

坐到桌邊，用閒聊掩飾過去。結果——

「那就不要回去吧。」

貞德竟然用瞇細的冰藍色眼眸看向我，說出了這種話。

「……？」

我接過杯盤上放著方糖的濃縮咖啡，不禁皺了一下眉頭。

不要回去……那是什麼意思？

雖然我想她應該是在開玩笑，可是貞德的玩笑都很難懂啊。

「——呵呵，做為歡迎，讓我來彈奏一曲吧。」

貞德瞥眼瞄向我，踏著莫名開心的步伐走向牆邊的直立式鋼琴……打開琴蓋，坐到椅子上，開始彈奏起來——『火刑臺上的聖女貞德』。

那是我跟貞德在武偵高中再次碰面的那一天，她彈奏過的曲子。

是象徵我們那段時期的回憶曲。

（總覺得……她好像看穿了我心中在想的事情啊。）

就這樣，我欣賞著優雅的鋼琴旋律……

……嗯？怎麼節奏好像緩慢下來啦？

仔細一看，貞德她……晃啊晃地……

明明自己說已經習慣了，卻忽然把頭一垂……

睡、睡著了……！

我還是第一次見到有人可以彈著鋼琴睡著。

要是讓她倒下來也很不妙，於是我趕緊扶住她的背部……

「喂、喂，貞德。」

「呼呀？」

結果貞德發出聽起來很蠢的聲音，醒過來了。

不過，她的雙眼看起來很朦朧，依然還是很想睡的樣子啊。

「Voulez-vous... sortir pour prendre... le pepas...？」

「喂，拜託妳講日文啦。」

「……diner（晚餐）……我們去吃晚餐吧，遠山。為了可以再清醒一段時間。」

讓我扶著腋下站起身子的貞德，全身搖搖晃晃地走向衣櫃。

晚餐……嗎？雖然我肚子還不餓，不過畢竟機上餐點是在很奇怪的時間提供的，而且不怎麼好吃。好吧，就再吃一頓好了。

於是我轉換一下心情，把咖啡灌入喉嚨後，等待貞德做出門準備。

貞德在水手服外面套上一件大衣，圍起圍巾……接著走進臥室，跪下一隻腳，拿起化妝臺上的香水瓶往裙子內側輕輕噴了一下。

「那是什麼玩意？」

「Divine No. 6。Eau de Légère 啦。」

「所以我就說，拜託妳講日文啊。」

「Eau de Légère 沒有日文，用英文講就是 Cologne。想成比較淡的香水就是了。」

走到我面前的貞德，散發出像女孩子的清爽香氣……

「為什麼要噴那種東西啦？」

害我忍不住微微臉紅，而稍微抗議了一下。

結果貞德拉起圍巾，有點可愛地遮住下巴……

「這是我祖母的教育。她就算到了七十歲，跟男性見面的時候還是會這麼做。她說過『男人不知道什麼時候會給女人機會』，法國的女人就是這樣呀。」

然後翻起眼珠，讓白皙的臉頰微微泛紅，說出這樣莫名其妙的話。

女人散發出香氣，男人給機會……？她到底在說什麼？我完全聽不懂啊。

我們穿過一樓那宛如寶石盒般的商店通道，來到香榭麗舍大道後……

「遠山，機會來了。」

貞德忽然用她小小的手提包輕輕碰了一下我的手臂。

「機會？什麼機會？」

「幫我拿包包的機會呀。」

「自己的東西自己拿啦。」

「就讓我告訴你吧。當男女兩人走在一起的時候，幫女人拿東西是男人的義務，也是榮譽呀。」

說著，貞德就把她那漂亮的羊皮手提包塞到我手上了。

搞什麼，根本就不重嘛。真的拜託妳自己拿行不行？

雖然我心中是這麼想，可是貞德把包包塞給我之後，在一旁滿足地瞇起眼睛，抬頭看向我。

接著，笑咪咪地勾住我的手臂了。

「做、做什麼啦？放手。」

「有、有什麼關係？一對男女走在夜晚的路上，表現得冷淡反而很不自然呀。」

我是不覺得有什麼自不自然的啦……

貞德意外地很有力氣，而已經開始想睡的我根本沒有精神甩掉她的手。

因此，我不得已只好讓她勾著我的手——回想起金女在新年時對我做的事……

走在夜晚的香榭麗舍大道、種植有歐洲七葉樹的路邊。

「那就是路易．威登（ＬＶ）的本店，算是在日本比法國更有名氣的店。那邊那是雷諾的展示中心。還有麥當勞呢。」

畢竟這裡是貞德的老家，於是她很熱心地不斷對我說明著。

而實際上，香榭麗舍大道確實也很寬很長，不限於時尚界，也林立著各種領域的世界知名品牌店。

在轉角對面甚至可以看到亞莉亞最喜歡用的那個什麼什麼斯汀・迪奧的本店呢。

「真的是什麼店都有啊。」

聽到我稱讚著這個地方，貞德又露出得意的表情，開心地從一旁抬頭看向我。

她那開朗的表情……

跟平常總是給人緊繃印象的貞德有些不同。

看來她在自己的國家，果然可以比較放鬆。

話說，我總覺得現在這個貞德——才是真正的貞德。

不過，這對我個人來說，還真是傷腦筋。

因為現在的貞德，非常可愛啊。當我意識到這一點之後，就發現到了，她偶爾會觸碰到我手臂的……意外很柔軟、尺寸很有氣質、形狀很完美的……明顯不是肉體其他部位的……呃，總之碰到、碰到了啦！妳的胸部、碰到我的手肘了啦！拜託妳察覺一下吧，這個天然呆女人……！

在大道上當然也有幾間開給觀光客的華麗餐廳——

「要在這附近吃嗎？」

「那種吵雜的店，我不是很喜歡。」

聽我一問而如此回答的貞德，稍微再往前走一段後，轉進一條巷子。

只不過是離開大馬路就頓時顯得安靜下來的那條巷子中……

有一家並不會裝飾過度、看起來很高雅的小餐廳。

掛在石頭外牆上的銀色小招牌上，印有四顆星星符號。

因為我們走著走著，巴黎的夜已深，這家店似乎已經關門了。不過——

當貞德走進那家有點年代、與餐廳融合的飯店中，一位站在狹小玄關大廳的女僕大姊就驚訝得全身跳了起來。

接著，她與貞德用法文交談兩、三句後……從櫃檯後方帶來了一名微矮微胖、戴金框眼鏡、八字鬍、身穿襯衫背心加西裝夾克的半老男性。

那位看起來像超級瑪利歐經過精心打扮的男子，似乎就是這裡的負責人。

男子慌慌張張走出來後，看到貞德便睜大眼睛，大叫了一聲：「O mon dieu（噢噢，神啊）……！」

然後，一反他有趣的外表——

——唰！

非常莊嚴而恭敬地在貞德面前兩步距離的地方跪了下來，將一隻手放在胸前，眼眶泛淚地抬頭看著貞德，說出似乎是表達歡迎的詞句。

雖然我對法國的文化什麼也不懂，但一看就知道這一幕情景所代表的意義了。

姑且不論外表如何，不過這位負責人想必就是以日本來說的武家——也就是有名騎士或士兵的後代。

而從貞德站著身子、態度凜然地對他打招呼的樣子看來，他應該是初代貞德・達魯克的隨從的子孫吧？

原來對貞德的敬意……即使到了現代，也依然存在啊。

負責人站起來後，貞德對他用法文交談了幾句關於我的介紹，當中只有『Monsieur Tohyama（遠山先生）』、『samurai（日本武士）』我勉強可以聽得懂……

於是負責人便露出滿面笑容，從飯店內部招待我們進入餐廳了。

我們坐到一張鋪著白色桌巾、擺放銀色食器的溫暖餐桌旁之後——

「雖然感覺像是妳靠關係進到店裡來的啦……不過還真是有點正式的餐廳啊。我可不懂什麼餐桌禮儀，沒問題嗎？」

「別在意。你就根據你自己國家的禮儀，放心吃吧。我們法國人對於有歷史傳統的文化都會抱著敬意。我也有特別交代要幫你準備一雙筷子了。」

看著眼前被端上桌的一籃麵包，我們進行著這樣的對話。

就在這時，負責人忽然拿了一瓶葡萄酒過來，熟練地打開瓶栓。貞德確認了一下葡萄酒的香氣後，表情凜然地說了些什麼話，然後讓負責人倒酒。

雖然他也幫我倒了一杯，不過……我想還是淺嘗幾口就好了吧。畢竟我可不想重蹈在香港的覆轍啊。

「餐點我叫得比較簡單一點。」

意外地很仔細品嘗白葡萄酒的貞德說著這樣的話——

接著我們便享用了將熟番茄、起司與魚子醬排列成銅板狀的前菜，以及鮭魚、波菜與蘆筍淋上白醬的魚料理。雖然餐廳幫我準備的筷子是鐵筷，不過我還真的用上了，感激不盡。因為那把像奶油刀的魚用餐刀實在超難用的。

接著端上桌的，是一道半球型的肉料理……這是什麼肉啊？我從沒吃過這種味道呢。

「貞德，這是什麼？」

「香草烤兔肉。」

「兔……」

因為我是第一次吃到而稍微想了一下，結果……

「你不知道兔子嗎？就是像這樣的生物呀。」

貞德用餐巾擦拭嘴角後，把手放在頭上模仿兔耳。

還、還真可愛啊。雖然她好像真的以為我不知道，而一臉認真地做著那種動作啦。

「……關於戰役，接下來要怎麼做？」

餐點吃得差不多後，我開口如此詢問。

於是表情陶醉地享受著冰涼雪寶的銀冰魔女小姐就……

「首先把師團的同伴──梅雅叫來。」

說出了讓人有點懷念的名字。

梅雅──就是那位喜歡大量攝取酒精的梵蒂岡大姊啊。她雖然個性溫和，但是一旦發飆就會揮舞巨劍，讓場面變得難以收拾。

既是美女胸部又大，而且還比較年長……對我個人來說是個很傷腦筋的同伴。

「梅雅是『祝光聖女』，雖然被敵人稱作是『祝光魔女』啦。畢竟你對超能力不熟，所以我就簡單說明。總之她是個『運氣很好』的女戰士。」

說明得還真是簡略啊。拜託妳再多說一點像那個人的戰鬥傾向之類的吧？

看到我露出這樣的表情。於是貞德接著說道：

「運氣在魔學上是從很古早就在進行研究……至今依然有最新研究在進行的熱門領域之一。同時，也是最為危險的領域。」

「危險？」

「運氣具有平衡性，也就是『有運好的時候，也會有運差的時候』。梅雅雖然藉由天主教的祝福術，受到武運特別高的幸運強化。但相對地，她應該也在其他某種運氣上特別差才對。」

嗯……雖然我只聽懂一半左右……

但總之她在戰鬥方面的運氣很好，可是做為代價，在別的運氣上卻變得很差對吧？

這確實很危險啊。畢竟所謂的戰爭，並不只是單純的戰鬥行為而已。

「然而，所謂的幸運或不幸都不是絕對的。運氣是一種機率論。即使將機率提升到百分之九十九，還是有可能遇上那百分之一不幸的狀況。當然反過來說也是一樣。」

原來如此。

反正在跟那位梅雅小姐共事的時候，多注意一下那方面的問題就是了。

畢竟再繼續聽魔學方面的事情我也聽不懂，於是……

「不知道卡羯她們究竟是在哪裡啊。有查出魔女連隊的據點之類的嗎？」

我將話題從同伴拉到敵方，提起在香港攻擊過我們的卡羯了。

「是有發現幾個據點，但每個都只是暫時性的而已。目前師團在尋找的，是魔女連隊的『Arsenal』——兵器庫。」

「兵器庫……？那群人有什麼武器？」

「槍砲就不用說了，據說連戰車跟巡弋飛彈都有的樣子。」

「還真唬人啊。連那種東西都有的話，應該很容易就能找出兵器庫了不是嗎？」

「但就是不知道。我想她們一定是藏在很意外的場所。」

很意外的場所……？不會是像伊・U一樣藏在海裡吧？

我記得我沒聽說過有那麼大艘的潛水艇才對。

「卡羯她們最讓人感到棘手的，是她們雖然自稱魔女連隊，但並不會完全依賴魔術……同時也會巧妙地使用這些近代武器。只要我們能夠找出那個兵器庫，發動強襲，歐洲戰線應該就可以變得比較輕鬆吧？」

確實……就我所知，所謂的「魔術」似乎是很不安定的玩意。

也就是說，她們不會完全依賴這點，而是在『魔術』＋『兵器』上取得很好的平衡點是吧？

相對地，梵蒂岡光聽起來就覺得是專攻魔術。自由石匠方面雖然我不清楚，但看華生的樣子應該是偏重一般武器跟隱密作戰的組織。

……怪不得在歐洲戰線會如此苦戰啊。看來所謂的魔女連隊——真的很難對付。

面對堅持不收錢的負責人，貞德還是硬把錢塞給他後……

我們走出餐廳，在冷到水都會結冰的香榭麗舍大道小巷中交談著。

「根據自由石匠提供的情報，卡羯似乎現在也在巴黎的樣子。她雖然平常是住在史特拉斯堡，不過好像會為了某種跟戰役無關的理由到巴黎來……」

「戰役以外的理由？不知道是什麼理由。不過——如果可以在她單獨一個人的時候遇到她，或許就是逮捕的好機會啊。」

「巴黎很大的，我想應該不會偶然發現。不過，這裡也有自由石匠在進行監視。另外，要找到她的方法也不是沒有。至於要不要立刻發動強襲，就等到發現的時候再判斷吧。」

自由石匠是個成員遍布歐洲的著名祕密結社。

就連我都從很久以前便聽過這個名字。

雖然他們跟藍幫不太一樣，要成為會員必須經過家世、財力與特殊技能的審查——不過人數還是相當多。如果可以借助他們的力量，在歐洲應該做很多事都很方便吧？

我們吐著白色的氣息，默默走在小巷中……

「……嗯？這條路是通往哪裡啊？不是要馬上回家嗎？」

因為我總覺得方向好像完全相反，而問了一下貞德。

結果貞德又緊緊抓住了我的手臂。

「我覺得今晚很開心呀。我們再稍微走一下吧，遠山。」

她明明在講戰役的事情時，態度非常嚴肅。不過現在卻柔和下來，又對我露出那宛如少女般的笑臉。

……看來她是有點醉了。雖然她剛才喝的葡萄酒也沒那麼多啦。

我聽從她的提議，又走了一段路，最後從小巷中又回到大馬路上——

「……嗚……」

——凱旋門。

我看到了古代那位拿破崙・波拿巴為了紀念戰勝而建造的雄獅凱旋門……也就是巴黎的地標。

在燈光照耀下發出乳白色光彩、足足有五十公尺高的拱門，比我想像中的還要雄偉。

「所有的道路都會通往凱旋門喔，遠山。」

看到我一臉驚訝的樣子，貞德又開心地說著這樣的話。

接著，她重新圍好圍巾……

「我們去玩那個吧。」

伸手指向圍繞凱旋門的道路旁，靠近我們這邊的一處直徑十二公尺左右、看似白色池塘的地方。

那是——利用寬廣人行道的一部分做出來的小型溜冰場。

看起來單純只是把四周圍起來灌水後，藉由冬季寒冷的氣溫讓水凝固的簡易溜冰場。

雖然感覺應該有安全上的問題，不過小孩子們根本一點都不在乎，開心地在上面溜著冰。

大人們則是表現得比較猶豫，只站在一旁觀望而已……但貞德卻把我帶過去，付了幾歐元給負責收錢的小姐。

「喂、喂。」

「這個溜冰場只有晚間營業呀。來吧。」

貞德真的就像一名少女般開心地瞇起眼睛，拿著溜冰鞋對我露出笑臉。

我只好跟著換上溜冰鞋，踏在銀盤上……

「……嗚喔！」

因為我很久沒有溜冰，而稍微晃了一下。

「哈哈！」

於是先踏入溜冰場的貞德握住我的手，讓我找回平衡感了。

我們混在一群可愛的巴黎小孩之中，吐著白色的氣息——在小小的溜冰場中繞圈、S型地溜著。好幾次為了不要滑倒，而互相牽住對方的手。

……其實還滿有趣的嘛。

差點撞上小孩子的我趕緊讓自己停下來，很自然地露出笑臉：

「好險啊。」

「呵呵！」

貞德則是跟我相視而笑──

接著溜到跟我稍微有些距離的地方，優美地迴轉，將一隻腳的冰刀前端輕輕放在冰上……

彷彿表演結束的溜冰選手般，優雅地揮手對我敬禮後──

用那隻手比向星空下的白色凱旋門：

「Bienvenue en France.（歡迎來到法國。）」

銀盤上的銀冰魔女。

宛如雕刻作品的巴黎。美如天使的貞德。

就像是要襯托那樣的貞德似地，彷彿鑽石冰塵般──巴黎開始降雪了。

哈哈，怪不得會這麼冷啊。或許明天會積雪呢。

飄飄細雪中，回到貞德的房間後，我在睡前借用了附有洗手間的浴室。

在用浴簾隔開的浴缸中，我沖著熱水，洗淨身體……

（這東西……要怎麼泡澡啊？）

等待浴缸裝水的同時，我不禁疑惑地環起手臂。

這玩意比武偵高中宿舍的浴缸還要長，但是也比較淺。水深大概只到膝蓋而已。

雖然這樣熱水可以比較快裝滿，不容易讓水變涼。可是……是要這樣進去嗎……？

我如此思考著，像躺進棺材一樣試著讓全身泡進熱水裡。

嗯……雖然是可以泡到肩膀啦，但同時也不得不把膝蓋彎起來才行。

總覺得應該不是這樣，可是不這樣泡又泡不到全身。真是奇怪的浴缸。

「……」

不過……泡到熱水中還是讓我多少感到安心，而忍不住打起瞌睡的時候……

……喀嚓……

「——遠山，你跑哪去了？」

是貞德的聲音……！

我頓時清醒過來了。不妙，竟然睡著啦。

話說，貞德好像跑進浴室來了。雖然隔著浴簾，所以看不到啦。

大概是因為浴簾上沒有看到我的人影而覺得奇怪，貞德竟然——唰！

「……嗚！」

把、把浴簾拉開了！

出現啦，自從白雪那次的事件以來——

睽違八個月、通常是男女立場相反的意外！

雖然當時那場意外跟貞德也有關係就是了。

畢竟我是個男的，不會因為被看見裸體就發出尖叫……不過我還是慌慌張張地坐起上半身，呃、該怎麼說？總之就是將身體的重要部位遮起來了。

相對地，貞德的反應則是跟白雪不同——

「呵呵！」

居然笑了。看著慌張的我，愉快地笑了。

「什……什麼啦！別笑啊。日本人洗澡的時候，就是要泡在熱水裡啊！」

「法國自古以來就有流傳，泡在熱水裡可是會縮短性命的。」

「日本人的平均壽命是全世界最長的啦！話說，拜託妳把浴簾拉上行不行！」

因為某種理由而無法使用雙手的我，滿臉通紅地如此命令後……

「在浴室中全裸，就是因為有全裸的必要性。不是什麼值得害羞的事呀。」

出、出現啦！歐美人的合理性理論。可是那對我來說是完全不合理啊。

「——就算是那樣還是會害羞啦！」

我最後自暴自棄地連該遮的地方也沒遮，趕緊把浴簾拉上了。

後來，貞德甚至演出了一場從浴室只穿著一條細細的內褲就跑出來的暴舉。看來她果然對於入浴前後被看到裸體的事情一點都不在意的樣子。

而面對隱約可以看見裡面的超薄蕾絲帶來的衝擊，用鋼鐵般的意志力度過難關的我——

不管怎麼說，總算……可以睡覺了。

（受不了，該死的貞德。要是我爆發了，遭殃的可是妳喔……？）

另外，貞德的房間是單人房。

因此我早就預想到了，或者應該說是一開始就用目視確認過了……床鋪只有一張而已。

我看我就睡地板吧。畢竟客廳的沙發要睡起來也太小張了。

於是我偷偷窺視寢室，確認貞德已經把睡衣穿上後……

「那就晚安啦。今天真是漫長的一天啊。我睡那邊的地板上就行了。」

聽到我這麼說，把一頭銀色長髮放下來的貞德卻……

「？」

停下她趴在床上聆聽的音樂盒，轉頭對我露出奇怪的表情：

「那樣沒辦法消除疲勞吧，遠山？到床上來睡啦。」

「可是只有一張床吧？妳要怎麼辦？」

「我也睡床上。應該可以擠得下兩個人才對。」

貞德……妳啊，到底有沒有搞清楚自己說的意思？

我們已經不是兩小無猜的小孩子了。男人跟女人怎麼可能睡同一張床上啦？

雖然我心中這樣想著……可是貞德卻用手輕輕拍一拍奶油色的床鋪……

那床看起來還真柔軟，應該睡起來很舒服。

哎呀……我想天然呆的貞德多半是沒有搞清楚吧？男女睡在同一張床上的意義。

既然如此，應該就不會發生像理子在宿舍入侵到雙層床時那樣的狀況才對。

（而且，要睡在不脫鞋就走來走去的地板上也很「那個」啊……）

已經快要累趴的我，決定不再多說什麼——

走到床邊，坐下來了。哇，簡直像雲一樣蓬鬆呢。

貞德接著「啪」一聲按下床邊的開關，把燈熄滅。於是我只好背對著貞德，躺下身體……嗚！果然，這床上有貞德的氣味啊。雖然很香，但我一想到那是女人的氣味，就超難受的。

不過，既然都已經這麼想睡了，我一定可以順利睡著才對。

我把棉被拉過來，蓋在自己身上……

「……」

總覺得貞德好像在後面不知道在做什麼，坐起了上半身的樣子。

而且還傳來布料摩擦的「沙沙」聲——算了，我已經睏到腦袋無法思考啦。

就在我準備睡著的時候，貞德也重新躺了下來。

晚安啦，貞德。

……

…………

……拜託妳睡覺行不行……！

比這張床還要柔軟，甚至讓人懷疑怎麼沒有被壓扁的柔軟觸感——胸部的觸感，竟然緊貼在我的背上。貞德從我的背後、抱住我了！

「喂、喂，貞德！」

我慌張地抓住她的手臂，卻發現摸到的是肌膚。剛才她穿在身上的睡衣跑哪去了？

原來她剛剛是在脫衣服啊！

我趕緊想要坐起身子，可是因為被貞德抱住的關係，難以如願。

於是我把手繞到身後，結果摸到某種細緻光滑的凹陷部位。是貞德的蠻腰啊。

那條蕾絲內褲似乎還穿在她身上的樣子，可是——

「為什麼妳只有穿這個啦！」

「我還有穿香奈爾的十九號呀。」

香水不是拿來穿的東西吧！

我利用徒手格鬥技中，被對手抓到背後時的應對技巧，抓住貞德的手腕，想要把她的手臂扯開——卻被她看穿了。貞德用她纖細而有點冰冷的手指握住我的手掌，彷佛嬉戲似地在黑暗中纏繞著我的手指。

將手心貼在我的手背上、用變相的情侶牽法牽住我的貞德——

「呵呵！」

——在我的後頸附近發出像大人的笑聲。

那種像大姊姊調戲著著急少年的態度——讓我不禁火大起來——

於是我使出蠻力，想要移動我的身體。

可是擅長劍術的貞德，對扭打纏鬥的技巧也很高明。

她利用我的力量，繞住我的手臂與肩膀……碰！

讓我——就這樣仰倒在床鋪的中央了。

貞德則是宛如騎乘軍馬的騎士般，跨坐在我的身體上。雖然身為軍馬的我是仰天的姿勢啦。

在窗戶透進來的月光中，貞德的銀髮與雪肌浮現在我眼前。

精緻的蕾絲做成的內衣，是幾乎可以讓肌膚透出來的雪白色。

在銀絲編織的內衣襯托下，彷彿綻放著光澤的細白酥胸，大小恰到好處，呈現理想的半球型；緊緻的蠻腰帶有完美的造型美，微微凹陷的肚臍看起來小而可愛；雖然纖細卻沒有脆弱的印象，宛如羚羊般的四肢。

那一切，現在比世界上的任何人都還要近在我的眼前。

姑且不論到這邊為止的發展是不是早在貞德的計算之內……但她低頭注視著我的那雙眼眸，明確宣告著她『非常清楚』我剛才心中認為她『根本沒搞清楚』的事情。

撲通、撲通——我的心臟不停地快速跳動——

——進入啦。所以我就說美女很讓人傷腦筋嘛。

這血流的循環。身體中心、中央宛如太陽般翻騰的熱潮。

正是在歐洲初次公開的爆發模式啊。

「——你在害怕嗎？遠山？」

貞德用她微冰的手摸著我的胸口，小聲呢喃。

「……放心吧，我也有點害怕。畢竟我是第一次跟男人做出這種事情。不過……我聽說過你的經驗豐富，所以從中途開始就交給你吧。」

在爆發模式下的腦袋——「啊啊，原來是如此啊」地，總算理解了貞德的想法。

另外，也理解了這是一種錯誤。

我從下方伸出手，讓手指伸進貞德閃亮的銀髮中。

接著……輕輕觸碰她形狀漂亮的耳朵。並沒有發燙。

這下我確定了。貞德，妳真的很勇敢，但是——

「說明不足啊。」

「男女之間變成這樣，還需要什麼說明嗎？」

在華麗的街上兩人約會，享受一頓浪漫的晚餐，共處一室緊緊依偎……至今為止的所有事情，都是貞德精心準備的男女階段。

而我就這樣被她牽著手，爬上了階梯。

可是……

貞德的心中並沒有完全接受。

她並不是因為對我的好意，而爬到階梯最上層的。

貞德是星座小隊、是伊．U鑽研派殘黨的成員，不屬於巴斯克維爾小隊。這樣的隔閡，讓她過去一直都與我保持著一段距離。

而現在——

就結果來說，她因為自己的失敗，把我牽連到祖國法蘭西的前線來了。

她一直對這件事情感到非常愧疚。

所以責任感強烈的貞德，決定對自己造成的過錯……

「……用這種方式，想要對我做出補償對吧？」

「沒錯。我一直都不想提到，在歐洲，師團正處於劣勢，被迫進行著撤退戰。這次不論是我還是你，都有很大的可能性會喪命。對於把你帶到這死地來的事情，我會做出補償。」

貞德說得沒錯。我也一直都刻意不去想到這件事，那就是這裡目前處於四面楚歌的狀況。

搞不好我們兩人都能夠生存的夜晚，只有今夜也不一定。

「……我明白了。那麼，我也提出我的要求吧。」

聽到我這麼一說，貞德便點點頭——

默默地彎下腰，趴在我的身上。

這動作，還真像個大人呢。

我不禁苦笑了一下……抱住她的背與頭。

「我的要求只有一個。貞德——妳不要再勉強自己了。」

聽到我這句話——

貞德微微抬起頭，在兩人的鼻尖幾乎快碰到的距離下，注視著我的臉。

美麗的冰藍色眼眸，宛如棲息著銀冰精靈的湖泊般。

「不，另外還有一點。女孩子不可以讓身體著涼喔。」

我說著，把貞德剛才撥開的棉被重新蓋回我們兩人身上。

貞德是個自尊心很高的女孩。

因此她平常總是表現得非常可靠的樣子，不過那都是她的演技罷了。

真正的她其實是個相當脫線、有點天然呆的……普通的女孩子。

這樣的女孩——卻因為自己是騎士的後代，而活在以血浴血的地下世界中。

相信這對她來說……非常沉重吧？不管她表現得有多麼堅強。

「貞德，如果妳因為沉重的責任而感到疲憊了……不用客氣，讓我幫妳分擔吧。」

這次換成我轉向貞德，在她耳邊如此說道……

結果貞德碧藍色的雙眼變得溼潤起來，注視著我的眼睛。

那眼神是她第一次讓我看到的、脆弱的視線。是真正的貞德——

「——『幫女人拿東西是男人的義務，也是榮譽。』不是嗎？」

聽到我說出她剛才對我講過的臺詞……

「……遠、山……」

貞德碧藍色的眼眸，頓時流下了宛如藍寶石的淚珠。

大概是不想讓我看到她哭泣的表情，貞德低下頭……把額頭靠在我的胸膛上，就這麼——安靜地哭泣起來。彷彿是在心中感到鬆了一口氣。

「……遠山，我有個請求。」

「請求？」

「既然你都提出兩個要求了，也聽聽我的要求吧。」

貞德說著，像在撒嬌似地緊緊抱住了我。

然後，撇開著視線——

「……叫我吧。因為我從小都沒有被當成一個女性對待過呀。」

「妳希望我叫妳什麼？」

「『小姐』……」

——哦哦。

抱歉了，貞德。

因為妳比我認識的每個人都還要神祕，常常有讓我難以看穿的部分——所以我即使是在爆發模式下，也漏看了這一點啊。

就是妳這八個月來一直隱藏在心中的、對我的心意。

「妳記得還真清楚啊。」

「別小看我。我的記憶力是很好的。」

「哈哈！『真是個聰明的小姐』。」

「……！」

這句臺詞——是去年五月的時候，我跟貞德在地下倉庫戰鬥時說過的話。

聽到我這麼一說……貞德壓住自己的胸口，表現出開心的樣子。

貞德當時雖然因為害臊而感到膽怯……不過其實也相當開心啊。對於一直活在戰鬥中、比男人還要勇猛的她來說，被當成『小姐』來對待是非常開心的經驗。

沒錯，妳是小姐，是個女人。

套一句很像妳剛才說過的臺詞：男人為了保護女人而戰鬥，根本不需要任何說明啊。

妳不需要為了把我帶到這裡來的事情，感到什麼責任。

因此，我們不再繼續交談——

就這麼緊緊相擁，靜靜睡著了。

……啾、啾……

在巴黎似乎也有的麻雀啼叫聲中，我睜開雙眼……

貞德已經不在床上了。

我解除爆發模式、恢復清醒的腦袋——

回想起昨晚我為了安撫貞德，而說出的那些教人害臊的臺詞。超想死的。

嗚嗚，自我厭惡啊。什麼叫『女孩子不可以讓身體著涼喔（愛心）』啦！笨蛋才不會感冒勒。巴斯克維爾小隊那群完全不會感冒的女生們就是活生生的證據啊。

我收拾起鬱悶的心情，走進客廳……

就看到在陽光灑落屋內的窗邊，貞德彷彿在跳舞般，揮動著銘劍杜蘭朵。

雖然是不適於實戰的「劍舞」，不過那是為了讓雙手不要忘記劍的重量、讓視覺不要忘記劍身長度，是非常重要的騎士訓練。就像日本劍道中的「型」一樣，越是高手就越不會輕忽的日常鍛鍊。雖然我幾乎都不會做啦。

「早安，遠山。」

轉頭看向我的貞德，身上穿著白色的襯衫與綠色的格子裙——感覺有點像日本女高中生制服的便衣。

因為我過去頂多只看過她穿武偵高中的水手服，或是餐廳服務生的角色扮演服，所以穿便服的樣子還真是新鮮呢。髮型的綁法也有點不同，看起來相當可愛。

「一大早就在訓練啊，真是認真。」

「因為我很喜歡劍的練習呀。」

雖然我們都把昨晚的事情當作沒發生過，刻意用平常的態度交談。可是……

「……」

「……」

啊……果然還是不行，兩個人都依然有點尷尬。而這樣的尷尬也讓彼此都清楚回想起昨晚的事情，變得害臊起來。

然而，我們不能再擺出舊事重提的態度了。不能讓那種危險的氣氛重演啊。

或許是聽到了我心中的聲音，貞德「唰」一聲讓劍旋轉一圈，收回劍鞘中——

「——畢竟劍是騎士的榮耀。武士的刀也是一樣吧？」

繼續說出一點也不浪漫的話題了。

「說得也是，人常說……刀是武士的靈魂啊。」

我之所以會變得吞吞吐吐，是因為我回想起之前讓薩克遜小姐在『矛盾』中被破壞掉的事情。人生中，想要忘記的事情還真多啊。

走進浴室準備洗臉的我，看到在洗衣烘衣機中……貞德的貼身衣物與我的襯衫糾結在一起。雖然我很感謝她幫我洗衣服啦，可是這景象也未免太害羞了吧？

「早餐準備好囉。我到早市買了不少東西呢。」

貞德從浴室門口探出頭來，對我笑了一下。

「不好意思啦，還讓妳準備吃的。」

在宛如新婚夫妻般尷尬的氣氛中，我坐到客廳的餐桌旁……

貞德則是拿著一把像鋸子的麵包刀，「喀沙喀沙」地切著細長的法國麵包。

「別在意，baguette（棒狀法國麵包）是很便宜的。為了不要讓貧窮的人民受餓，法律有規定價格的上限呀。」

「哦~也就是法國流的生活保障政策是吧？」

我跟貞德一邊如此交談，一邊享用著麵包夾生菜與肉醬做成的三明治，以及熱呼呼的咖啡，讓精神清醒過來。

然後端著那杯熱咖啡，走到寒冷的陽臺上……

外面雖然已經沒有在下雪了，不過還是積著一些昨晚的雪。

「遠山，你真是溫柔呢。」

——貞德面露苦笑，說出了這樣一句話。

看來她並沒有聽到我心中的聲音啊。又打算開始複習昨晚的事情了。

「……才不。可以說是千鈞一髮啊。」

「也就是說，今晚不知道又會發生什麼事了嗎？我還是做好覺悟吧。」

聽到她調侃似地說著像在預習的話，讓我忍不住想要快點岔開話題——

於是我為了尋找材料，環顧四周。

最後看到貞德像白金一樣的銀髮在朝陽下閃閃發光……

「妳的頭髮，真漂亮啊。」

便把眼前看到的景象直接脫口而出了。我原本是打算巧妙地把話題帶到洗髮精之類的事情上，可是貞德卻伸手按住自己的秀髮，嘩……

……怎麼回事？她的臉紅起來啦。而且還是白人特有的明顯紅臉。

「居、居然在這種時機說出那種出乎預料的稱讚，還真是了不起的技巧。看來你果然是個天生的花花公子呢。」

「為、為什麼啦！我只是說出我眼前看到的事情而已啊。」

「那種態度……就是花花公子啦！」

貞德把咖啡杯放到青銅製的桌上，然後撥起陽臺扶手上的少量積雪……

露出惡作劇似的笑容，朝我丟了一顆雪球。

「妳……冰死啦！」

於是我也從桌上撥起一小搓雪，迅速揉成迷你雪球朝她丟去。

結果貞德輕輕閃避後……

「哈哈！」

把她早已做好的第二發雪球丟到我頭上了。痛啊！超硬的！妳用了超能力對吧！

後來，我跟貞德……就在狹小的陽臺上，展開了一場小雪仗。

話說，只有兩個人打什麼雪仗啊？而且還跟銀冰魔女對戰，我到底在搞什麼啦？

不過……還真是有趣。貞德原來是個這麼有趣的傢伙。充滿意外性，是個在一起相處不會感到無聊的對象。而且平常一本正經的樣子，跟現在這樣天真無邪的態度造成的反差，感覺也很好玩。

看來，天然呆──好像也不壞啊。跟她在一起相處，我才第一次發現這一點呢。

當天晚上，七點過後……

「──我跟梅雅取得聯絡了。我們約在加尼葉宮會合，follow me吧。」

從衣櫥中拿出一套藍色禮服的貞德對我如此說道。

「加尼葉……是指Opéra de Paris嗎？」

於是我用手機搜尋了一下，並如此詢問。

「L’ Opéra 是所有歌劇院的總稱，加尼葉宮就叫加尼葉宮。總之你也快點把衣服換上啦。」

貞德說著，拿出一件用保存塑膠袋包好的白色男裝禮服，遞到我手上。

「要穿禮服……啊？」

「不對，那叫 smoking jacket。」

對我的錯誤一一糾正的貞德……

為什麼會有這樣的衣服啊？

我在客廳套了一下衣服。雖然可以穿得下，不過尺寸稍嫌大了一點。

這一點也讓我有點在意。如果是貞德為了扮男裝，這樣的尺寸也沒辦法用啊。

（我想應該是別人的衣服吧……）

我探頭看了一下臥室。畢竟是要前往加尼葉宮——也就是正式宮殿的關係，貞德很用心地在打扮自己。

正在配戴耳環的手，看起來也很忙碌。

在這種時候提出那樣的話題打擾她，感覺也很不識相。算了，我就別在意那種小事了吧。

於是我將那件大概是別人穿過的禮服正式穿好……

還真是一件有品味的衣服呢。即使是對打扮行為生疏的我，也多少可以看出其中的格調。

雖然黑色的禮服通常看起來會很滑稽——不過這件衣服刻意選擇了白色。

還真是帥氣啊。我是不清楚女性喜不喜歡啦，但是這件衣服感覺很受男性歡迎呢。

貞德則是換上了一套緊身晚禮服後……

「這是我剛才在樓下的加里骨董行買來給你用的。」

把一個沒什麼裝飾、只遮住鼻梁以上部分的白色面具丟到我手上。

也就是像『歌劇魅影』中，躲藏在劇場內的怪人魅影戴在臉上的面具。

「還要戴這樣的玩意啊？」

「沒錯。因為是化裝舞會呀。」

換好衣服、化好妝，走到客廳來的貞德——全身散發出高貴的氣息，感覺不同於以前亞莉亞上過的雜誌風格，而像是會刊登在更成熟的時尚雜誌封面上。

美女不管穿上什麼衣服都美。像這樣精心打扮之後更是找不出一絲缺陷啊。

「難得理子特地幫我準備了，就把這個……這樣吧。」

貞德說著，戴上一個遮住眼睛周圍的貓臉面具，搭配出國時理子給她的貓耳。貓咪貞德——『喵德（理子命名）』就這麼完成了。

她接著伸手幫我調整領帶……

「不只是我們，梅雅也會有遭到跟蹤的可能性喵。而能夠一口氣擺脫跟蹤的方法，就是參加化裝舞會了喵。」

「呃……我說……」

「把臉遮起來，讓敵方看不到我們同伴之間有接觸、會合，然後再偷偷坐車離開喵。這是遠從古代波旁王朝開始，到冷戰時期的間諜都有用過的手法喵。」

「呃，我理解為什麼要參加化裝舞會了，不過妳沒必要學貓講話啦。」

「不用喵喵沒關係嗎？我倒是很中意呢。」

有點鬧彆扭的喵德，用貓手輕輕戳了兩下我的胸口……

而我則是抱著總算理解的心情，戴上了面具。

原來如此。我一直以來都以為所謂的化裝舞會，只不過是像角色扮演大會一樣的活動……但其實也是隱藏自己的身分、與人密會的場合啊。真是學到一課了。

歌劇院加尼葉宮──

是一座比我昨天看到的凱旋門還要巨大而壯觀的白色建築。外觀真的就像宮殿一樣。

那似乎是一種……叫「新巴洛克」的建築風格。感覺就像把藝術蛋糕巨大化之後的樣子。

屋頂上豎立著一座掌管藝術的黃金神像，外牆也滿滿地都是藝術雕刻，幾乎可以說找不出任何一處沒有經過裝飾的部分。在法國並沒有像日本那種閒寂幽雅的文化啊。

我們兩人從貞德像昨天在飯店一樣靠關係叫來的加長型禮車上走下來後——

從宮殿側面的一扇確實很像祕密出入口的小鐵門進入了地下一樓。

這裡雖然平時好像是開放成觀光景點的樣子，不過今天因為要舉辦化裝舞會的關係，被包場下來了。

在內裝充滿古典風格、被區隔成狹小空間的昏暗室內……

（……簡直都是一群可疑分子啊。）

在場的人群雖然都穿著正式服裝，看起來很氣派，但各個都散發出某種怪異的氛圍。

畢竟所有人的臉上都戴著面具，實在可疑到不行。哎呀，我跟貞德也是其中的成員就是了。

活動名稱雖然叫「舞會」，不過並沒有人真的在跳舞。現場徹底就像一個專供密會、密談的空間。

一名身穿華麗晚禮服的女性，從舉止動作看起來應該是個演藝人員。她大概是平常連跟情人約會的自由都沒有，而正在開心地與一名感覺像是運動選手的男性交談著。

另一位身上隱約可以聞到火藥味的黝黑男子，我猜大概是從科西嘉島之類的地方出差前來的黑手黨。看起來好像是在商談什麼買賣的樣子，或許是跟麻藥有關吧？

另外還有……ＩＴ企業的關係人、政治家、軍人、風俗女郎……各式各樣「感覺像是」的人物都有呢。

現場瀰漫著某種盡情暢談的氣氛，感覺不論是什麼見不得光的話題，都歡迎討論的樣子。

拿日本來比喻的話，就像大官在高級料亭進行密談——而在這裡卻是大家齊聚一堂，盛大舉行。法國社會中，就是在某種程度、默契之下，可以通融這樣的事情啊。

如此一想，化裝舞會搞不好對我個人來說意外地是個輕鬆而自在的場合呢。

「——喵嗚。」

剛才明明都叫她不要做了，貞德還是模仿了一下貓叫……

然後拿出一個馬的布偶給我看。

「那是啥？」

「就是『貓拿著馬』的一種愉快的暗號。梅雅方面好像是狗拿著牛的樣子。」

「一點都不愉快啦……不過總之我們就是要找『戴著狗面具、拿著牛布偶的女人』對吧？」

「畢竟現場的人比我想像中的還要多，我們就分頭去找吧。五分鐘後在這裡集合。」

貞德說著——踏出她腳下那雙自己說過不太喜歡的高跟鞋，走向熱鬧的小圓廳了。

那我就……去找一樓吧。於是我走上小階梯——

結果在一盞幾乎有一輛小型車大小的水晶吊燈下，看到了一個全部用大理石鋪成的華麗大樓梯。

好強啊，是五層馬蹄型的樓梯呢。這種玩意，我只在童話繪本上看過而已啊。

就在我呆滯地眺望著那座本身也是談話場所的大樓梯時——

「O, pardon.（噢，不好意思。）」

大概是因為我站的地方很擋路的關係，被一位看起來像學者的醉客撞了一下。

他臉上的面具……順勢撞到我身上的禮服胸前口袋，發出「噹」的一聲撞擊聲。

「——？」

我的胸前口袋裡好像放了什麼金屬物品的樣子。應該是貞德把衣服交給我之前就放在裡面的東西。

武偵在遇到這樣的時候，都會有習慣確認那東西是不是危險物品……因此我拿出來一看……原來是一串鍍銀的項墜，就是裡面可以放照片的類型。

「……」

這應該是這件衣服的主人放在裡面忘記拿的東西吧？

我走上白色大理石的階梯，稍微思考一下……

決定把項墜打開來看看了。

結果看到裡面裝了一張相片，上面是大概十四歲左右、入學伊・U之前的貞德——

以及一位感覺大她三歲的白人男性，一起騎在白馬上的樣子。

照片中的兩個人……看起來打從心底感到非常幸福。

那位男子外貌出眾，帥氣得甚至連電影明星都望塵莫及。

……我猜，應該是貞德過去的情人吧？

我心中頓時有種「不應該看」的感覺。雖然我都已經看到了啦。

（真是……做了一件不識趣的事情啊。）

武偵因為職業上的關係，很擅長於探查一個人的過去。而確實也經常要做這樣的事情，所以很清楚被調查的人心中會有多不愉快。

因此，尤其是在武偵之間——只要不是站在敵對的立場，就存在著一種規定是不要去多管對方過去的私事。

而且現在這還是有關異性的事情。

就算是我也很清楚，這是非常敏感的問題。

可是我卻……

為什麼會被這種「做什麼都行」的化裝舞會氣氛給影響了？

我看我還是當作沒看到好了。這件事我不會對任何人提起的，妳就原諒我吧，貞德。

「……」

但是，呃……

不知道為什麼，總覺得心中有點疙瘩啊。

原本讓我感覺很自在的化裝舞會，忽然就變得一點都不有趣了。

爬上階梯後，我來到了一塊鋪著古老地毯的小廣廳……

接著用面具底下的眼睛搜索著梅雅的身影，卻意外發現了一個地方。

是吧檯。上面的調酒杯中裝著五顏六色的酒類。

（酒嗎……）

雖然之前在香港有過很慘的經驗，不過我還是喝一下吧。反正看起來是不用錢的。

雞尾酒看起來就像調了顏色的水一樣，在水晶吊燈的照耀下閃閃發亮。光是用看的就已經很有趣了，喝下一杯應該可以更舒暢吧？在法國聽說十六歲就可以喝酒了呢。

於是我走到吧檯前——

看到調酒師正在量產的紅、藍、黃色雞尾酒，從左到右……

抓、喀啦、咕嚕、抓、喀啦、咕嚕。

有個女人竟然一杯接著一杯，一口氣就灌下了五杯、十杯。

那、那傢伙在搞什麼啊？喝酒就像在吃小碗麵（註3）一樣。

註3 日本的一種傳統麵食料理。將素麵分裝在許多小碗中，一碗接著一碗享用，直到吃飽為止。

因為這樣豪邁的喝酒景象，吸引了許多人前來圍觀。

話說……這個人的禮服，在屁股附近有一根像角色扮演用的狗尾巴呢……

我為了確認那女人是不是還抱著牛的布偶，而稍微屈身繞到她身邊……

「噗哈！Buono（好喝）！」

結果那女人竟然轉向觀眾，讓她那對足足有小玉西瓜大小的巨乳跟著一甩——

「澎！」地朝我臉上賞了一記右鉤拳。

「嗚……！」

被那作夢般的彈力當場彈開的我，一屁股跌坐在地上。

「……嗯？哎呀……哎呀哎呀？遠山！好久不見呢！」

蹲下身子、用鼻梁以上戴著狗面具的臉看向我的女人……

乳牛般的胸部間夾著一隻牛的布偶。果然是梅雅啊。

明夜・羅曼諾（Meiya Romano）。日義混血兒。十八歲。

梵蒂岡城國的除魔師，在羅馬武偵高中就讀殲魔科——以東京武偵高中來說就像S研一樣的學科——的五年級生。過去好像曾經是加奈的學妹。

雖然外表看起來很溫和，不過在宣戰會議上卻是第一個表明要加入師團的武鬥派大姊。

聽說她從以前就跟卡羯率領的魔女連隊反覆著平分秋色的戰鬥，而且還曾經砍斷過希爾達的腦袋，是個強度有目共睹的傢伙。

另外，根據貞德的說明，她似乎還擁有武運超強的特殊能力。

「因為這屋子裡的構造很複雜，害我傷透了腦筋……不過我想說待在這附近應該就可以見到遠山，沒想到真的讓我遇到了。噢噢，感謝主。」

梅雅說著，在胸前畫了一個十字。

確實，能馬上見到面或許也是武運的一種吧？不管怎麼說，總算是跟友軍會合了。

汪汪梅雅搖曳著微捲的金髮，拉住我的手讓我站起身體。

「久未聯絡了。」

畢竟對方是學姊，於是我用敬語如此說道……

「哎呀哎呀，別那麼客氣嘛。像對朋友一樣說話就可以啦。」

可是梅雅卻瞇起在面具底下也可以看到長睫毛的眼睛，對我笑了一下。

「哦、哦哦……我知道了。」

話說回來……

梅雅那血管隱約浮現的雪白肌膚，裸露雙肩、胸襟敞開的禮服，往內縮的蠻腰，以及往外撐的臀部。

還真是有夠性感啊。這個人明明就是個聖職者的說。

「我聽說遠山上個月打敗了藍幫呢。一騎當千的超人戰士、日本的武士——遠山來到這裡，想必可以讓歐洲戰線一口氣扭轉情勢呀。來，就讓我們努力驅除眷屬——那群只不過長得有點像人類的討厭害蟲吧！」

梅雅用日本式的「耶、耶、喔～」高舉拳頭……

結果就讓不知道怎麼藏起來的大劍，從晚禮服背後「碰！」一聲掉到地板上了。

還好，劍收在劍鞘裡。要不然弄壞地上那看起來很昂貴的地毯就遭啦。

另外，關於大劍……也還好，周圍的人都以為是角色扮演用的小道具，只是笑笑帶過而已。

（話說，她還是老樣子……把敵人都當作害蟲在對待啊……）

不、不過沒差，反正她是我們的同伴沒錯。

而且，我很清楚。

既然這個人喝了這麼多酒，就表示她的魔力補充得很充足的意思。

原本只有我跟貞德兩個人的臨時小隊，現在又多了一名戰力無庸置疑的夥伴——我就老實感到高興吧。

於是，我打算幫梅雅把掉在地上的劍撿起來……這、這是什麼劍啊！超重的！

我原本就在想它這麼大一把，應該會很重，沒想到其實比外觀看起來的更重。裡面不會是埋了什麼劣化鈾之類的東西吧？

拿起大劍的我，身體一晃……結果倒向準備接手的梅雅……

——哐啷！碰……！

我又讓大劍掉到地板上，同時……

把、把梅雅推倒了……！

我才想說怎麼好像呼吸困難，沒、沒想到是我的臉、沒有被面具遮住的鼻子以下、竟然埋在梅雅那對不輸給荷蘭乳牛的雙峰之間了！為什麼會變成這樣啦！

「哎呀，真是的……！」

梅雅把雙手貼在臉頰上，莫名開心地對我微笑……

如果用理子語來形容的話，這情況應該就叫「幸運色鬼」吧？難道這也是梅雅的幸運效果嗎？不對吧！對我來說根本是突如其來的爆發模式危機，是極度的不幸啊……！該不會其實是這個人帶來的不幸吧？

愛湊熱鬧的法國人們，紛紛對我們吹著口哨、調侃起來。

就在那片騷動中——喀喀喀喀！

「遠山！你這人眾目睽睽之下在做什麼事呀……梅雅？妳是梅雅嗎？」

大概是因為過了五分鐘還見不到我的人影，而跑來找我的貓耳面具貞德，踏響著高跟鞋走過來啦。她應該是靠貓耳型集音器捕捉到這裡的聲音了吧？

「嗨～這聲音是貞德對吧？噢噢，能夠見到妳，真是太好了。」

「妳被遠山偷襲了嗎？」

「Allora（該怎麼說呢）……是遠山忽然撲到我的胸口上，我也搞不清楚到底發生了什麼事……」

調整著禮服的胸口、像在開玩笑的梅雅，感覺一點都沒有在幫我否定的樣子。

「不、不是啦！是梅雅的劍——」

我趕緊站起身子想要辯解，可是雙手交抱的貞德卻完全沒有在聽我說話……

「這男人偶爾會有突然偷襲女人的習性呀。以前我在東京進行竊聽行動時，他也是忽然偷襲過我呀。而且還是被希爾達弄傷而變得比較脆弱的我。」

妳、妳還記得真清楚啊，貞德……！

我記得那是亞莉亞遭到華生綁架，於是貞德與中空知在進行聽音調查的時候——進入狂怒爆發的我，對貞德做出的一連串粗暴動作。

「哎呀，他對每個人都一樣嗎？那還真是讓人充滿期待的人呢……！」

梅雅莫名其妙地露出閃亮亮的眼神看向我了。

搞什麼？剛才貞德的這段說明中，有什麼事情好值得期待的啦？

不過，也多虧貞德亂入的關係，讓我的血流危機只達到輕微爆發的程度就止住了。

可是——

那位貞德小姐卻……喀！喀！

踏響著高跟鞋，靠到吧檯邊，叫了一杯乾馬丁尼什麼的雞尾酒。

她面具下方的嘴巴，完全凹成了「ㄟ」字型。總覺得好像在生氣啊。

呃……她會對才剛跟同伴會合就演出丟臉畫面的我生氣，我是可以理解啦。可是感覺她不只是在氣這一點呢。

而且喝酒的方式，好像也是在灌酒消氣一樣。

「喂、喂，貞德，我跟妳說清楚，剛才那完全是不幸的偶然好嗎！話說，妳到底是在生什麼氣啦？身為武偵不要用那麼奇怪的喝酒方式啊。」

「…………我沒有生氣。」

「妳就是在生氣吧？還想了一下才回答。」

「我沒有。」

喵德不惜曲解事實，也要反駁我。

然後，用她冰藍色的眼睛瞄了一下自己的胸口，又瞄一下梅雅的胸口。

接著就——噗！

把馬的布偶用力丟到我身上來了。

周圍的法國人們「哦～……」地發出有趣的聲音，簡直就像在欣賞歌劇一樣。

他們似乎都能理解狀況的樣子，偏偏身為當事人的我卻一團糊塗。到底在搞什麼啊？

拜託請大家跟我說明一下吧？貞德究竟在生什麼氣？而且最好是用日文。

「妳、妳做什麼啦！為什麼要這樣……」

「你摸摸自己的胸口，捫心自問吧。不，照你的情況，問了也是白問。話說，遠山，你知道教育蠢馬最有效的方式是什麼嗎——就是鞭子。」

貞德不知道從晚禮服的什麼地方、不知道為什麼拿出了一條馬鞭……！

「順道一提，在一部分的歐美社會中，鞭子也會用在教訓小孩子的時候呀。」

又出現啦，歐洲文化。雖然亞莉亞是會用日本風格的鐵拳制裁啦！

「……對於這個一晚換一個女人、不知檢點的傢伙，就要用疼痛讓你明白自己的罪惡才行。遠山，你侮辱了我跟梅雅。既然受到侮辱，就要徹底報仇，這樣才叫騎士道呀。」

貞德說著莫名其妙的話，同時在手掌上「啪！啪！」地發出聲響的短鞭——是貨真價實的鞭子啊。

我趕緊推開像是在欣賞SM秀而興奮起來的觀眾們——

（三十六計，走為上策！）

雖然搞不清楚自己為什麼被罵，還是拔腿逃出去了！

然而……喀喀喀喀！

貞德也踏響著高跟鞋，追上來啦。我猜她應該是用貓耳集音器捕捉著我的腳步聲。

「遠山～貞德～兩位都加油呦～！」

梅雅單手揮動著那把超重的大劍，為我們打氣著。妳也真是個莫名其妙的傢伙啊！雖然我早就知道了啦！

逃到寬廣陽臺上的我，原本想說乾脆上演一齣「跳塞納河」——但陽臺下卻是一整片石板路面。而且從陽臺回去宮殿的門也只有一扇而已，完全就是甕中鱉啦。

貞德一追上我……

「——哼！」

就真的把鞭子用力揮過來了。不過我也發揮出輕微爆發下的運動神經，立刻轉身避開。

千鈞一髮之際躲開的鞭子，擦碰到我胸前口袋中的絲巾——讓絲巾飛舞到加尼葉宮白色的屋外柱子之間。

同時，被絲巾勾出來的——剛才那個裝有照片的項墜則是「噹！」一聲掉落在貞德的高跟鞋邊。

「……！」

貞德這時忽然停下了動作。

臉上露出似乎在思考什麼事的表情……然後撿起項墜……握在手中，雙手交抱。

「原來是這麼一回事呀，遠山。」

「……？」

奇怪？她的聲音怎麼聽起來好像心情變好了一點啊？

「你真是個好懂的男人。這就是你變得自暴自棄、決定偷襲梅雅的原因呀？」

我根本就沒有自暴自棄，或是偷襲梅雅啦……

不過宛如猛虎般的貞德似乎漸漸變回貓咪的樣子，我看我還是順她的話題說下去好了。

畢竟只要說說有關這件貞德房間裡的男性禮服口袋中的那個項墜的話題……好像就可以讓我度過難關的樣子啊。

「……原來妳以前跟男人住在一起嗎？」

雖然這樣有反武偵的禁忌，不過我還是讓她講講戀愛當時的……美好的回憶，恢復心情吧。

「不要把我跟你混為一談。皮爾是我的哥哥。」

貞德「啪！」一聲打開手中的項墜——

「雖然因為我母親有兩次離婚跟再婚的經驗，所以哥哥跟我的父親是不同人啦。」

……好像在別的意義上……是個不太應該提起的事情呢。

我為了暗示「妳不想講就別講」的意思，而轉身面向陽臺外。

然而貞德大概是想要把事情說明白，靜靜地走到我的身邊了。

「——我們一族是個徹底的女系家族，因此我哥哥在成人之後……就被斷絕了關係。我其實很痛恨這項拆散家族的古老規矩呢。」

……我想也是。畢竟那位英俊的哥哥跟貞德之間，感情好像很好的樣子啊。

「呃，那位皮爾先生……你哥哥現在過得好嗎？你們有沒有在保持聯絡？」

因為我在某種意義上也有一對不同父母的弟弟跟妹妹——所以感同身受而問了一下這樣的問題……

「他過得很好。皮爾在荷蘭跟一名瑞士人的畫商同性結婚後，在坎城過得很幸福。從事的職業是前衛藝術畫家，聽說賺了不少錢呢。」

貞德笑咪咪地對我說起哥哥的事情。

是這樣啊。還真不錯。

從事創作性的工作，又很有錢，真是教人羨慕呢。

……

…………

果然還是不行啊！我雖然想要把注意力放在後半段，把前半部的話當作沒聽到。可是，她剛才是不是說了什麼關於她哥哥很難讓人忽視的重要情報啊！

呃、不，這裡是外國，是很多日本的常識無法通用的場所。

這一點我在香港已經學習過了，還是盡量不要露出驚訝的表情比較好。

嗯……不過話說回來，貞德也莫名受女生歡迎的部分……或許是兄妹相似的地方吧？還有貞德那讓人絕望的繪圖品味，搞不好在某些圈子裡反而算是很有天分也不一定嗎？

另外，貞德跟我之間……

在很意外的部分存在著共通點嘛。

雖然有騎士與武士的差別，不過我們身上都流著為義理而戰的一族之血。

而且在兄弟姊妹的關係上也很複雜。

即使在性別、人種與國籍上都不同，外觀更是完全不像——

然而我們都是背負著類似命運的少年少女。

既然如此……

我就更應該要幫助她了，在這個歐洲戰線。

這跟同情的心理不太一樣，而是……該怎麼說？畢竟我們是很相似的兩個人啊。

4彈　高而險峻之路

羅浮宮美術館過去曾經是法國的王宮，目前是世界最大規模的美術館。

外觀跟昨晚的加尼葉宮一樣精緻絢爛，不過這棟在朝陽照耀下的建築物——更是大得誇張。透過窗戶看到的館內也相當豪華，真不愧是前・王宮啊。

「我們從 Porte des Lions（獅子門）進去吧。那是觀光客比較不知道，所以不用排隊就能進去的門。」

身上的便服看起來很像一般女高中生制服的貞德，帶領我跟梅雅進入館內。

至於要問到我們三位師團成員為什麼會到這地方來嘛……

那是因為梅雅一大早來到貞德家後，便主張要到這裡來的關係。據她說是掌管武運的天使給她的啟示還是什麼的。

畢竟我跟超能力者來往的機會變多了，所以多少可以明白。她那應該就類似於星伽巫女所說的『神託』，最好不要忽視。

雖然有落空的可能性，不過靠梅雅的力量提升的武運也很值得期待——

因此，我們就到這地方來了。

（但是……為什麼、會變成這樣啦……）

走在豪華館內的我，右手被貞德、左手被梅雅分別抱著。

貞德不時會瞪向梅雅，而梅雅總是會還她一個溫和的笑臉。

……這是什麼狀況？

尤其是身上穿著像日本所謂「森林系女孩」一樣寬鬆便服的梅雅，彷彿在拉住我的上臂似地緊緊抱著我的手臂，讓她那壓倒性的肉果實、大奶球，簡單講就是巨乳，完全夾住了我的手肘。這可是我這個月第三次的胸部地獄啊。我雖然像誦經一樣念著我事前為了預防這樣的狀況而背起來的一百個質數，努力忍耐著，但萬一出了什麼差錯，我搞不好就會邊走邊爆發啦。

話說回來，在這種地方……究竟會有什麼跟武運有關的東西啊？

難道這裡有展示什麼可以代替薩克遜劍的銘劍之類的嗎？

梅雅本人倒是已經徹底進入觀光客模式，玩得很開心呢。

「59、61、67、71……像、像這樣繼續走就可以了嗎……？」

「是的。接下來只要順著神的指引，我也不清楚會發生什麼事呢。」

「哎呀，都難得到巴黎來了，你們就去欣賞一下蒙娜麗莎吧。」

我、梅雅與貞德一邊如此交談著——

一邊在意外很博學的貞德幫忙解說下，欣賞了薩莫特拉斯的勝利女神、米洛的維納斯以及李奧納多・達文西的名畫——蒙娜麗莎的微笑等等作品。

就這樣，我們大概走了三小時左右……卻什麼也沒發生。

羅浮宮的展示品可說是無窮無盡，不管怎麼逛都逛不完。現在已經是中午了，可是連美術品的三分之一都還沒看完——

（該不會要這樣花掉一天的時間吧……？）

不過，其實這樣也沒什麼不好啦。

畢竟對我們武偵來說，如果不是鑑識科的話，根本沒什麼機會欣賞美術品啊。

我想我就抱著看完一輩子分量的心情……

……

…………？

（……——！）

是我看錯了嗎？

剛剛，在古代希臘美術雕刻品的展示區……

有一群正在聆聽老師說明、感覺像是來校外參觀的法國女學生。

在那群制服看起來像千金小姐的少女之中，好像有一張我似曾見過的臉。

於是我躲在米隆的『擲鐵餅者』白色雕像後面，監視著那群少女們。

「……喂，貞德，梅雅，妳們看那個……」

被我叫了一聲後，那兩個人也從克尼多斯的『維納斯』像旁邊看向同一個方向。

接著，在那群少女們準備移動到下一個大廳的時候，我們總算看到了目標人物——

「……！」

我們不禁停住呼吸、面面相覷後，再度確認那名少女。

那位整齊穿著連身裙制服、認真抄著筆記的小不點……

（卡、卡羯．葛菈塞……！）

——是魔女連隊的卡羯啊！

這樣的偶然，有可能發生嗎？

再怎麼說都應該是認錯人了，可是總不可能三個人都看錯吧。不管是髮型、身高還是臉蛋，都很像卡羯。更重要的是，她的右眼戴著眼罩啊。雖然上面印的不是卐字，而是花朵圖案啦。

「梅雅，做得好。」

貞德壓低聲量說著。

「這……是妳的力量嗎？梅雅？」

「是的，恐怕就是……雖然我無法說得很篤定，不過能夠與仇敵偶然相遇，將偶然化為必然——這應該就是我的『強化幸運』最典型的例子了。」

梅雅吊起眉梢，狠狠瞪著卡羯……卻沒有立刻做出行動。

「妳們沒辦法靠魔法輕鬆抓住她嗎？像是把她變成青蛙之類的。」

「遠山，不要靠你貧乏的魔術知識勉強發言，會讓人聽不下去的。現在沒辦法使用魔術呀。」

「今天的璃璃色金粒子相當濃，是很難使用魔術的日子。我想那隻害蟲的條件也是一樣。雖然強化幸運——主的加護幾乎不會受到色金粒子的影響，不過……其他魔術就太危險了。」

「真是一群派不上用場的傢伙……那就靠實力硬上吧，讓我們遇上就是她的末日啦。」

就在我準備把手伸向夾克內側的槍套時——

「住手，遠山。這裡可是美術館呀，不相關的人太多了。」

「雖然我也很想立刻殺蟲，不過我們還是先跟蹤看看吧。一隻一隻殺掉雖然不錯，但如果可以找出巢穴，就能把蟑螂們一網打盡也不一定呀。」

靠到我身邊的貞德與梅雅都制止了我的手。

巢穴……是指魔女連隊的據點『兵器庫』嗎？

另外，確實——目前我們還沒掌握對方能夠參與戰鬥的魔女人數。就算在這邊把卡羯一個人解決掉，對方或許也只是會打出下一張牌罷了。

與其如此，查出敵人的據點位置，或許在戰果上會比較大吧？

好，為了不要破壞珍貴的美術品，這邊還是忍住衝動，切換為跟蹤行動吧。

「……」

於是，我們一路跟蹤到下一個羅馬美術大廳。卡羯在這裡也同樣聆聽著老師講解，認真抄著筆記。

看來她……在學習啊。

哎呀，畢竟是那個年紀，讀書也不奇怪啦。不過，原來她平常是個學生啊。

另外，卡羯在參觀學習時的動作，看起來似乎比其他學生還要慢的樣子。

大家都已經抄完筆記，開始在拍紀念照了，她還一個人慌慌張張地抄著美術品的說明文。

而且她還沒有察覺到後面快步走來一群中國人的團體……結果當場「碰！」一聲被推開，讓文具灑了一地。

卡羯趕緊全身趴到地上，撿起鉛筆盒與筆記本……

可是卻沒有一個同學願意幫忙她。

她似乎……沒有朋友的樣子。

（……是孤伶伶一個人啊。）

法國主場的貞德，用手機搜尋著少女們身上的制服……接著對我竊竊私語：

「那是史特拉斯堡——Foret-noire（黑森林）女學院的制服。那是採取通學制、相當高級的大小姐學校呀。雖然教育水準很高，但學費也高得很出名呢。」

哦……明明是個恐怖分子，卻在讀那種一點也不合身分的學校啊，卡羯。

聽說因為璃璃粒子很濃的關係，利用魔術的探查沒什麼效果……

於是這邊就由我發揮在偵探科訓練出來的跟蹤術，用目視繼續追蹤卡羯。梅雅則是為了預防要在館外追蹤的情況，先去準備車子了。

就這樣，時間來到黃昏。黑森林女學院的學生們——在美術館的中央出入口前聽完老師的訓示後，便原地解散了。

大概是打算在巴黎購物後再回去的關係，學生們的樣子看起來相當興奮。

接著，感情要好的同學們三兩成群，陸續離開。

然而……

卡羯卻是孤單一個人，留在出口附近。

等到瞥眼目送大家離開後……

「哼！」

她從口袋中拿出香菸，用手指「咚咚」地敲出一支萬寶路，開始抽起來了。

「看起來好像在消磨時間的樣子……她在做什麼呀？」

貞德不禁疑惑地問了一下。

「誰知道？」

我雖然嘴上這樣回應，不過在東池袋高中體驗過孤單生活的我其實也懂。

要是現在到處走動的話，自己一個人的樣子就會被同學們撞見，而感到丟臉。她那是孤單分子的處世之術啊。

等到消磨了足夠的時間，應該不會被任何人看到之後，卡羯拿出手機，不知道跟誰聯絡了一下。

接著，她也沒發現自己被跟蹤了，就這麼走下位於羅浮宮中庭的一個通往地下室的樓梯。

就在貞德拿著手機聯絡梅雅的時候……

卡羯來到瀰漫著汽油味的地下停車場，穿過一臺臺並列的觀光巴士前面。

在最深處，卡羯「嘿咻」一聲跨上的卡其色交通工具是──

（……K、Kettenkrad……）

那是過去納粹德國量產出來，前輪像機車，後輪則是雙軌履帶的小型半履帶式機車啊。

雖然沒誇張到印有卐字符號……不過紅底白盾、中間一隻瘋狂黑貓的魔女連隊徽章還是明顯地印在車子的側面。

意思是說……她從此刻開始就不是女學生卡羯，而是魔女連隊的卡羯了。

她戴上附有擋風眼罩的半罩式安全帽，讓Kettenkrad發出像拖拉機一樣的聲音，離開停車場後——沒多久……

用墨鏡變裝的梅雅就開著一輛大紅色的愛快羅密歐·Giulia sprint GTA，從另一個車輛出入口進入停車場了。雖然這麼顯眼的車子讓我感到有點不爽，但也沒辦法了，就用那輛車繼續追蹤吧。

Kettenkrad的時速似乎頂多只能到五十公里左右，而且外觀比我們這輛車還要顯眼，因此跟蹤起來相當容易。

我們開著愛快羅密歐跟在卡羯後方，從東南方離開古色古香的巴黎市街，穿過郊外的住宅地……開往田園地帶。

卡羯看來是往東南方筆直行進的樣子。

在速度上較快的我們採取了好幾次在岔路上岔開，從遠處目視確認卡羯的方式追蹤著。

就這樣……把梅雅從胸部之間拿出來的歌劇用望遠鏡借來使用的貞德……

「是庫爾貝飛行場，要進去了。」

確認了卡羯的目的地。

那是一塊用柵欄圍起來的小型飛行場。雖然有跑道，但長度頂多只能讓輕型飛機降落而已。看來主要是讓熱氣球或飛船起降的場所。

而在當中的一個角落……找到了，印有魔女連隊的徽章、在現代已經很少見的硬式飛船。

那感覺就像——把興登堡號飛船縮小到全長七十公尺左右的銀灰色機體。

我也把歌劇望遠鏡借過來看了一下……

從飛船中走出兩名穿著超短緊身裙軍服的金髮少女，「喀！」地併攏腳跟，對卡羯敬了一個禮。看來應該是她的手下。

因為飛行場沒什麼人的關係，她們毫不隱藏地釋放出納粹德國的氣息呢。而且還配帶著武裝。

卡羯從 Kettenkrad 走下來，進入飛船的大型船艙……

坐到一張整齊鋪著白色桌巾的餐桌旁，對似乎是主廚的褐色皮膚少女端來的沙拉與魚料理開始大快朵頤起來。雖然身上還穿著制服，不過眼罩已經換成卐字眼罩了。

機內另外還有武裝著華爾瑟Ｐ38的少女們，全部有十個人。

飛船打開船艙後部的收納庫艙門，讓 Kettenkrad 停入機內。

看來她們準備要起飛了。

「我看到收納庫內部了，裡面裝有武器跟……推測是化學兵器的材料。應該是她們在巴黎收集購買來的。想必她們是打算要進攻羅馬呀。」

「……該怎麼辦？要是讓她們起飛，我們可就追不上囉？」

「要是有拿火箭筒來就好了呢。」

就在我跟梅雅一邊交換望遠鏡，一邊感到焦急的時候，戴著眼鏡的貞德便──

「就是那裡。Kettenkrad停進去的那個收納庫，艙門做得並不嚴謹，應該可以從那裡潛入內部。」

如此說著，然後看向我。

用她作戰參謀模式下的策士眼神。

「好像可以潛入內部呢，遠山。」

連梅雅也看向我了。

幹、幹麼啦？別看我啊。

「要去妳自己去，女士優先啊。」

我這樣對貞德說道後……

「就算璃璃粒子很濃，也不代表它一直都會這麼濃。萬一粒子在潛入之後消散了，我們魔女就會有被卡羯探查出來的可能性呀。」

「靠那機體，應該沒辦法直接飛到羅馬才對。或許會在德國或瑞士的據點先停泊一下吧？」

「運氣好一點的話，或許就是找出她們兵器庫位置的好機會啦，遠山。」

這兩個人已經把派我潛入當作前提在對話了。

「抵達之後請聯絡我們場所，我們會立刻過去的。」

梅雅說著，從乳溝間拿出了一根五穀棒給我。妳當這是便當嗎？

啊……該死！

這下事情變得真麻煩。

不過，都已經難得靠梅雅的力量抓到敵人尾巴了，就這樣眼睜睜看著她們逃掉也很讓人不爽。

而且，說什麼有化學兵器的材料，聽起來就很危險。要是讓她們製造出什麼恐怖攻擊用的有毒瓦斯就糟啦。阻止這樣的暴舉也是武偵的工作之一。

另外……仰賴梅雅的幸運，搞不好可以在敵人的據點發現亞莉亞的殼金，然後奪還回來也不一定。畢竟這次能發現卡羯，就是靠那樣的幸運啊。

已經讓引擎徹底暖起來的飛船——開始準備要收起固定用的繩索。

感覺再過不到幾分鐘，她們就要起飛了。

「……只要覺得情況不妙，我就會馬上撤退囉？到時候的交通費用妳們要負責啊。」

我丟下這句話後——

不得已地從愛快羅密歐上走到太陽開始西沉的車外了。

我沿著飛行場上的貨櫃與帳篷等等東西製造出來的死角移動，最後甚至抱著豁出去的心情全力衝刺，逼近卡羯她們的飛船。

很幸運地，我似乎沒有被發現……更幸運地，船艙後部的收納庫是可以手動開閉艙門的類型。大概是梅雅帶來的好運，讓事情都很順利呢。

我接著全身抓住螺旋槳開始旋轉、船身微微浮起的銀色飛船——

入侵到昏暗的收納庫後，靜靜關上艙門。

「……」

在保有氣密性的收納庫中，有用灰色塑膠布蓋住的 Kettenkrad，以及……像在車站可以看到的寄物櫃。

幾乎所有的櫃子都用密碼鎖鎖上，只有一個應該是緊急用的格子打開著。裡面裝了幾個簡易的降落傘，真是感激不盡。

於是我偷了一個降落傘後，躲進 Kettenkrad 的塑膠布中。

（雖然感覺有一半是靠衝動潛入的……）

不過如果能找出敵人的據點，甚至進行一點破壞工作之後再逃出來的話，想必可以立下大功才對。

回程就搭計程車，管他要花多少歐元都沒差啦。只要我講「巴黎的凱旋門」應該就可以順利回去了。貞德跟梅雅啊，妳們就等著看到請款書發抖吧。

我打算告知貞德她們我潛入成功的事情，而拿出手機一看……

結果發現訊號變弱，很快就收不到了。因為是跟基地臺並用的關係，GPS也無法作用。看來飛船已經上升到高處弱電界——也就是比手機的電波塔還要高的上空了。

至於卡羯她們……則是播放著唱盤之類的玩意，正愉快地唱著歌曲呢。

曲目是華格納的『女武神』，是希特勒很喜歡的歌曲啊。

因為 **Kettenkrad** 殘留的廢熱，讓塑膠布內非常暖和……

我在裡面躲了一段時間後，漸漸變得想睡起來。雖然船身隨風搖盪著，不過那反而讓我覺得像搖籃一樣，更加促進我的睡意。

就在我被飛船搖盪了三個小時左右，開始打起瞌睡的時候……

梅雅一不在身邊，以運氣差而出名的我就立刻遭遇到不幸的事件了。

（……！）

收納庫的……燈光被點亮，有人從乘坐區走進來啦。

於是我從塑膠布的縫隙間窺視外面……

「Ich veränderе Kleid. Ihr werdet hingerichtet werden, wenn es schwankt.（我要換衣服了。要是敢搖動，就死刑。）」

卡羯用德文對背後說了些什麼話後，就走進收納庫啦。肩膀上還停著一隻大烏鴉。

她接著從自己的置物櫃中拿出一套納粹軍的黑制服，丟到Kettenkrad的罩子，也就是我頭上了。

然後，讓烏鴉停在置物櫃的門上……

（……！）

把她身上那套女學生制服緩緩脫掉啦……！

原來這裡也被拿來當作更衣室啊？難怪會有置物櫃。

就在陷入慌亂的我眼前——

體格不算健壯的卡羯，正在發育途中的身體裸露出來了。

因為她沒什麼胸部的關係，我原本還在擔心她如果沒穿內衣該怎麼辦？不過徹底露在我眼前的背上，還是可以看到內衣的肩帶。

她接著因為穿衣服的動作而轉向側面，結果讓我看到了，那對符合她年幼臉蛋的小胸部。大概跟平賀同學差不多吧？

沒有發現我的卡羯，毫無戒備地調整著罩杯的位置，將微微隆起的部位重新穿好在紅色蕾絲編成的內衣中。明明她身高只有一百五十公分左右，身材就像個國中生一樣，卻穿著那麼性感的內衣啊？對爆發模式來說，反差感可不是一件好事呢。跟胸部一樣穿著細細的成熟紅內褲的小屁股，也讓我不知檢點的血壓開始上升啦。

話說，現在這情境非常不妙。

我因為必須確認敵情而只好目不轉睛地凝視著，可是她卻完全沒有察覺到我的存在，很自然地在換衣服。這簡直就像在偷窺一樣。或者應該說，根本就是偷窺了。以前我跟武藤偷窺女生健康檢查的時候就知道了，這樣的情境……對爆發模式來說意外地很危險啊……！

——撲通……！

看吧，果然來了……！不出所料，輕易地就來啦。我想我還是不要繼續看比較好吧？

可是，我又不能不看。畢竟如果對方察覺到我的存在，我就必須立刻做出行動，要不然會攸關性命啊。

因此，我只能一邊與血流奮鬥，一邊繼續看著卡羯的脫衣秀——

她用短短的手指「啪！」地調整了一下因為坐過Kettenkrad而有點陷入縫中的內褲……然後只穿著內衣，就把應該是魔女連隊軍帽的黑色魔女帽戴在頭上。

接著對裝在置物櫃門後的鏡子露出自以為很可愛的做作笑臉。

不，確實很可愛啊。

我一想到那個性凶暴的卡羯，原來自己一個人的時候也會做出如此可愛的動作……而且對方還是我的敵人，那樣的反差感與悖德感就讓爆發的危險度瞬間倍增了。

（這就叫『恨之深、愛之切』嗎？不，好像相反了。）

就在國文成績很差的我想著這樣的事情時——

飛船大概是被強風吹到的關係，用力搖動一下，讓卡羯失去了平衡感。

然後……砰！

穿著紅內褲的小屁屁，就這樣坐到正在偷窺的我頭上……啦！

「Narri! Ich sagte daß nicht schüttelte!（渾蛋！我不是說過不准搖動嗎！）」

對著乘坐區大叫一聲的卡羯——

「——？」

伸手、摸一摸。

不、不妙啊。

她果然察覺到自己坐的地方觸感不太對勁，於是隔著塑膠布開始摸起我的臉了。

另外……啪沙啪沙！

烏鴉也從置物櫃的方向飛過來——

用牠的鳥嘴意外精準地戳到我眼睛！

「痛！」

我忍不住發出聲音……

「——遠、遠山！」

結果完全被抓包啦……！

而且還是在……根本不知道位於何處的高空上。

這果然是個有勇無謀的策略啊。全都是貞德想出的作戰計畫害的。那個該死的傻蛋參謀。

卡羯立刻從 Kettenkrad 上跳開來——

從置物櫃中拿出了跟我在西瑪・哈里號上破壞的那把槍一樣的金色魯格P08。

事到如今也沒轍啦。我只好拔出貝瑞塔，從塑膠布底下現身——

「人常說，隔牆有耳、隔山有眼啊，卡羯。尤其是年輕貌美的女孩子，更應該提防男人的視線比較好喔？」

明明是自己在偷窺，卻用爆發模式的口吻說出這種『被偷窺的妳才有錯』的臺詞。

「竟然潛入到齊柏林伯爵NT號上來，你究竟是有多愚蠢呀？」

「話說在前頭，這項作戰可不是我想出來的。」

「是參謀勉強你的？」

「也可以那麼說啦。」

「關於那一點，就讓我同情你吧。畢竟在戰爭時，納粹德國也常發生那樣的事情呀。」

卡羯吹了一聲口哨，用德文不知道大叫了什麼話後——

從乘坐區便浩浩蕩蕩地出現了好幾名身穿納粹制服的女孩子們。

她們看到我手上拿的槍，語氣慌張地互相告知有敵人潛入的狀況。當中有幾名女孩子也立刻挺身出來，站到可以保護卡羯的位置上。

（爆發模式——）

意外地進入得很徹底呢。多虧剛才的偷窺行為啊。

雖然這件事我不太願意承認，不過我似乎對於身材較纖細的女孩子……一旦進入爆發模式，就會進入得很徹底的樣子。

「好啦，這下怎麼辦？」

看到我有點像在自問的樣子——

「魔女連隊正如其名，是只有魔女——也就是女性的部隊。我們徹底嚴禁男子出入，甚至還有我們獨自的一條『異性戀愛罪』呀。我現在就立刻讓你滾出去。」

在飛行中的船艙內，卡羯露出一臉嗜虐的笑容。

她的手下們則是……紛紛拔出黑色的華爾瑟P38。

從持槍的動作看來，她們並不是外行人。應該是一群受過訓練的士兵。

再加上十對一的狀況……

對於必須遵守武偵法第九條的我來說，即使在爆發模式之下也很棘手啊。

而且在體質上，我跟女性戰鬥又會手下留情。

既然如此，就用話術度過難關吧。即使是用日文，只要真心誠意，想必就可以傳達給對方明白才對。

正當我這樣想的時候，根本連話都說不通的對象——烏鴉就「啪沙啪沙！」地朝我攻過來了。牠的爪子上還呈現淡淡的紫色——

（——是毒爪！）

靠爆發模式下的視力看穿這一點的我，趕緊後退到艙門的方向。

結果卡羯「碰！」地開了一槍，子彈擦過我的防彈制服。

緊接著，少女們也「碰！碰碰！」地發出轟響，非常精準地朝我掃射而來。看到艙門與地板上「噹！噹噹！」地爆出火花，我只好不得已地準備應戰——

可是我的視線卻被那隻帶毒的烏鴉干擾，讓我很難戰鬥。

那隻烏鴉明明很大隻，動作卻很敏捷。而且相當勇敢，雖然警戒著我手上的槍，卻一點也不害怕。

看來最棘手的敵人……反而是這隻烏鴉啊。牠根本是一隻受過高度訓練的殺人鳥。真沒轍。畢竟我可沒興趣傷害動物——女孩子就更不用說了。

我看我還是照卡羯所說的，滾出去比較好。

於是我用護身倒法在地上滾動身體，同時一腳踹開我剛剛自己走進來的那扇艙門。

接著就在收納庫內部受到氣流擾亂，卡羯對慌張的部下們大聲斥責的時候——

我利用吊單槓的訣竅，翻到飛船的後方上部，逃開了烏鴉與子彈的猛烈攻勢。

齊柏林伯爵ＮＴ號飛行在太陽已經下山的夜空中。

我沿著突出在布外的飛船骨骼，像爬梯子一樣往上爬——

最後坐在貼有太陽能電池的機體上部，確認下方的狀況。

然而，我完全無法知道這裡究竟是什麼地方。很不幸地，下面是一片烏雲。

畢竟是冬季的高空，氣溫在冰點以下。或許飛船的航線是打算跨越山陵的關係，高度感覺應該有超過六千公尺，讓人感到有點難以呼吸。

回想起我曾經站在光學隱形轟炸機——加利恩翅膀上的事情，這次的交通工具相比起來倒是沒那麼高科技……不過仔細一看，這銀色的外布是化學纖維——也就是防彈纖維。機體骨骼感覺也是用碳纖維做成的硬質輕量成品。雖然造型很復古，但這艘齊柏林伯爵ＮＴ號看來是集最新科學於一身呢。

然而，它再怎麼說都只是一艘飛船，時速大概只有八十到九十公里左右。

即使氣流強勁，但還不至於到會把爆發模式下的我颳走的程度。

（好啦，接下來就用偷來的這東西……）

我爬到飛船的中央附近，拿出藏在背後的降落傘——

就在這時，剛才那隻大烏鴉竟然飛來了……！

牠使盡全力與飛船並肩飛行，同時撲向我的手。

我雖然在千鈞一髮之際躲開了牠的毒爪，但降落傘——也因此掉下去了。

還裝在袋中的降落傘就這麼沿著飛船側面滾落，消失在下方的雲層中。

該死的烏鴉。原來牠瞄準我的手就是為了這個目的啊。怎麼會這麼聰明？

我在不得已之下開槍威嚇烏鴉——可是飛船忽然在暗夜中轉彎，緩緩飛入雲朵中。我頓時就像陷入濃霧一樣伸手不見五指，跟丟了烏鴉的身影。

就在我不禁咂了一下舌頭的時候，眼角看到機體後側的濃霧後方——

卡羯忽然現身了。

距離大約三十公尺。

身為隊長竟然親自追到飛船上啊？真是像亞莉亞一樣好戰呢。

「哇哈哈！做得好，埃德加！」

穿著納粹德國的黑制服、揹著降落傘的卡羯……讓那隻被稱為「埃德加」的烏鴉停在自己手臂上，另一隻手則是握著救命繩。

然後……啊啊，不可以啦。就算氣流很強，可是妳穿著一件只有胯下１ｃｍ的短裙，不可以半蹲走動啦。雖然這麼暗，但妳那塊薄薄的紅布還是被我看光光了喔？

因此讓爆發模式又稍微增強的我——

「真是一艘好飛船。看來不論古今，納粹德國的科學力量都是世界一流的是嗎？」

包含感謝她讓我看到許多好料的意義在內，我姑且客套了一下。

「你可別打壞啦，這很貴的。貴到第二艘的建造預算都下不來呀。」

我記得卡羯在香港也說過這樣的話呢。

「在香港——真是承蒙關照啦。包括妳對我的頭開槍的事，還有劫持油輪的事。」

我接著如此抱怨後——

「我想說反正那麼有名氣的你，對於那種程度的事情，總會有什麼辦法解決的呀。而實際上，你好像也真的想辦法解決掉了嘛。」

原來我很有名啊？

還真是討厭啊～不管在校內還是校外，都流傳著我不名譽的名聲呢。

「話說回來……我以前聽諜報員說，在宣戰會議之後——你好像招待梅雅到自己房間了是嗎？你是不是有嘗到什麼甜頭呀？用那個又大又沒品的胸部。」

卡羯莫名感到痛恨地提起了確實已經有點久之前的事情。

「妳知道得真清楚呢。不過，我跟她之間並沒有發生過那樣的事情啦。至少目前還沒有。」

為了不要對梅雅失禮，我並沒有否定得很強硬。結果——

表情豐富的卡羯，忽然變得非常火大：

「我在這世上最討厭看到的……就是男女之間在卿卿我我的樣子！我勸你呀，就算喜歡大胸部，也別挑梅雅比較好。跟那傢伙交往的話，運氣可是會下降的喔？我可以篤定地告訴你，女人的價值絕對不是胸部。」

雖然我搞不太清楚，不過總之我明白卡羯非常討厭梅雅了。

另外，從她執著於胸部的發言看來……她應該是對自己的胸部抱有自卑感吧？

「我是沒有跟女性交往的打算啦，不過我就姑且把妳的忠告放在腦海的角落吧。畢竟我——就像妳現在看到的，運氣非常不好啊。聽到會影響運氣，我就有點害怕了呢。」

「很好，態度可嘉。那麼遠山，在執行墜落刑之前，我先問你一個問題：『遠山金次』是你的本名吧？」

「是又如何？」

「我這個人總是會記住自己殺掉的敵人名字。因為事後回憶起來會很愉快呀。」

哈哈，妳還真是個S呢。

「誰曉得？搞不好妳以後回想起來，都會覺得『早知道就不要戰鬥了』也不一定喔？」

我拋出一個媚眼，讓卡羯的動作稍微頓了一下後——

右手拔出DE，左手拔出蝴蝶刀。

看到我的動作，卡羯也把繩索固定在腰帶上後——

右手拔出右腰上的魯格P08，左手拔出一把裝飾著槲樹葉雕刻與鑽石的短劍。

接著，她露出愉快的笑臉……

「一九四〇年的事情，就暫時忘記吧！」

——碰碰！

說出彷彿是背棄日德義三國同盟似的臺詞，冷不防地對我開槍了。

而我則是在千鈞一髮之際躲開子彈——

卡羯，妳打算用槍劍跟我打嗎？

那我就接受挑戰吧。當時的希特勒感覺有點瞧不起日本，而我現在就讓妳見識看看日本人有多強。

卡羯似乎也有受過在飛船上的戰鬥訓練，在有斜度的船上巧妙地踏著骨架，朝我逼近而來，同時讓埃德加振翅飛起。

不過——我可是爆發模式。

多虧她對自己的貼身衣物很沒防備，老是抬高著腳跑步的關係，讓我在寒風之中也能保持著滾燙的血流呢。啊啊，嬌小的女孩真是可愛。

磅！

遠比一般槍枝還要大聲的沙漠之鷹開槍聲——讓埃德加第一次露出畏怯的樣子。牠趕緊改變軌道，彷彿在說老鷹跟烏鴉等級差太多似地，逃到上空去了。

「埃德加退下！這種傢伙，讓我來——！」

卡羯手持短劍朝我撲過來，而我則是用蝴蝶刀的破刃刀背打算咬住她的短劍——

可是卡羯卻立刻轉身避開了。

她接著讓短劍在手上一轉，逆向握劍朝我的脖子揮過來。

但是，太慢了。我輕鬆躲開她的攻擊後……

「既然妳那麼珍惜那把劍，不要使用不是比較好嗎？」

──鏘！

我用蝴蝶刀的刀尖，解開卡羯胸前的降落傘扣繩。

然後，利用以前與亞莉亞相遇時也用過的扒手招式──

在擦身而過的同時，搶走了她的降落傘。

雖然沒有像華生那麼高超，不過我這一招對於火大衝過來的對手還是很管用呢。

我像是在跳彈翻床一樣，利用飛船的外皮用力一跳，與卡羯拉開一點距離後──

「不好意思啦。」

畢竟是剝下了女性身上的東西，因此我姑且表示了一下歉意。

「嗚……！」

卡羯看到我在近身戰中明顯比較有優勢，不禁發出呻吟。

「好啦，沒了這東西妳就害怕了吧？快回到船內去，我也會聽妳的話，乖乖下船的。現在的我，甚至有辦法脫掉妳的衣服喔？那樣會變得很冷的呢。」

我把降落傘背在身上，同時發出警告。但是──

「你認為……我比你還弱、會怕你嗎？」

「恕我失禮，但正是如此。」

「才不是！呃……呃，那是因為這東西，害我動作變遲鈍的啦！我才不怕你呢！」

卡羯拿起短劍，「唰！」一聲切斷了救命繩。

還真是個……自尊心很高的女孩呢。簡直就像德國版的亞莉亞啊。

「妳的腳在抖喔，卡羯？」

「這、這是因為冷的關係。即使是裝甲軍團，面對冬將軍還是會陷入苦戰啦！」

哈哈，真是倔強。

不過，妳這下已經沒轍了吧？

雖然我很想再疼愛妳一下，不過還是就此道別吧。

即使不知道這裡是什麼地方，我還是要先失陪了。

於是，我收起武器，踏向飛船背部的側面——

「——別想逃！」

原本以為應該會知難而退的卡羯，竟然朝我撲過來了……！

我連在心中大叫「危險！」都來不及，埃德加居然也抱著跟主人同歸於盡的打算，快速朝我俯衝下來。

因為二對一的狀況而失去平衡的我，與卡羯扭打成一團——

從飛船的上方滾落到側面。

我為了不要讓卡羯掉下去，而緊緊抱住她，同時用另一隻手抓住飛船的骨架——

「呵呵，你太大意啦，遠山……！」

卡羯則是——抓住了我身上的降落傘。

從船艙內側，傳來少女們為卡羯加油的聲音。

「……呃……可以請妳不要把那個搶走嗎……？」

我因為要抓住機體跟卡羯的關係，雙手都空不出來。於是卡羯趁機把降落傘的扣繩解開後……

「白～痴，你自己一個人下地獄去吧！」

她自己也伸手抓住齊柏林飛船的側面，然後用力拉扯降落傘。

可是她打算把降落傘從我身上搶走的動作，卻反而讓扣繩纏住她的手——害她從飛船的骨架上滑落了。

「哇！」

卡羯大叫一聲後——

往下跌落。

降落傘還勉強掛在我的肩膀上，可是卡羯的身影卻消失了。

完蛋啦，違反武偵法第九條——

「──！」

我趕緊朝飛船一踹，往下跳落。

從船艙內傳來少女們「哇──！」的尖叫聲──

瞬間就消散在遙遠的上空了。

我在空中重新扣好降落傘，追趕背對著下方掉落的卡羯。

（讓我……追上啊！）

雖然不清楚現在高度有多少，但總之我不能對女性見死不救啊。

於是我把頭部朝下，讓自己加速掉落。

卡羯的魔女帽這時飛過我的身邊。

而她本人因為過於驚訝而僵硬的表情，在昏暗的空中越來越清楚了。

再差一點、再差一點就……可以抓住、卡羯的手了……！

──我在宛如濃霧的雲層中追上卡羯之後……

「這是……我的東西！」

喂……！

我都好心來救她了，她竟然抓住我的身體，想要搶走尚未開封的降落傘。然後，

因為我實在很錯愕的關係──這次真的讓她搶走降落傘，背到自己身上了。

這個……笨女人……！

我趕緊抓住卡羯，有點火大地把手伸向降落傘。可是，落下造成的亂流讓我無法順利動彈。最後，就在抓住卡羯腰帶的我，被卡羯一腳踹開的瞬間……

「——Sieg Heil（勝利萬歲）！」

卡羯在風壓中露出變形的笑臉，啪唰！

只顧著拯救自己，而拉開了降落傘。就在自由落體的我正上方。

——然而……

「嗚呃！」

從意外近距離的上空，傳來了卡羯的聲音。

同時，從我的腰帶傳來幾乎要讓骨盤碎裂的衝擊力道。我想卡羯應該也是一樣。

因為在剛才的那一瞬間，我用腰帶的繩索勾住了卡羯的腰帶啊。

卡羯垂掛在降落傘下方，而我則是垂掛在她下方，避開墜落身亡的命運了。

我在變得越來越濃的霧，或者應該說是雲層中，慌慌張張地爬上繩索……

「——恕我失禮啦。我不會抬頭看的，放心吧。」

用力抓住卡羯纖細的雙腳。

右手抓右腳，左手抓左腳，拚命讓自己不要被甩開。

「混、混蛋！不准抓住少女的腳呀！」

就在卡羯對著掛在她腳上的我大叫的瞬間——

碰！啪唰────！

「──！」

「……嗚！」

原本以為還在高空的，沒想到我們竟然在高速之下撞到了地面。

如果是水平面的話，應該就會當場喪命了。不過這裡似乎是斜坡，因此我們就這樣繼續往下滑落。

在激烈的衝擊下，我發現自己的周圍好像有冰塊飛散著。這是、什麼──

唰唰唰唰唰……！唰唰唰唰……！唰唰……！

滑落了好幾十公尺的我……最後全身趴倒在地上，總算靜止下來了。

我盡量讓頭昏眼花的意識保持清醒，微微睜開眼睛一看──發現在昏暗的夜空下──

我的身體……倒在一片相當有斜度的亮白色斜坡上。

「呼……」地吐出的一口氣，很白。

看來這裡是個極為低溫的空間。

（這是……？哪裡啊……？）

覆蓋整片斜坡的白色物體，全部都是冰。

在隔著雲層朦朧灑落的月光照耀下，我看到那是微微帶有藍色的──冰河。

我把在落地同時解開了前端安全鉤的腰帶繩索回收回來後，從口袋中拿出手機確認……雖然沒有摔壞，但還是收不到訊號。這裡依然處於高地啊。

於是我仔細觀察寒冷的霧氣對面，勉強看到了高高低低的山稜線。

（這裡是……山岳嗎……）

真是禍不單行啊。

我為了不要滑落斜坡而小心翼翼地站起身子……還好，並沒有什麼部位骨折。

當然，碰撞傷還是讓全身到處都很痛，不過跟蘭豹的虐待比起來，根本不算什麼。

話雖如此，但四周一片黑暗，而且冷得幾乎要結凍了。大概是因為在高山雲層中的關係，簡直是名副其實地身處五里霧中。我可不能站在這地方繼續發呆啊。

於是我抱著絕望的心情，找尋周圍有沒有山中小屋透出來的燈光——

可是當然不會有那麼剛好的東西，而我最後找到的只有……在稍微上游一點的冰河上呈現「大」字倒在地上的卡羯，以及接在卡羯身上的降落傘而已。

「……」

我「沙、沙」地踏著冰，走向上游——

原本還在擔心會不會已經死掉的卡羯，原來還活者，只是雙眼不斷在打轉罷了。

這孩子還真耐摔啊。真不愧是極東戰役的代表戰士。

「卡羯。」

「……嗚……嗯……」

我叫了一聲後，卡羯微微睜開眼睛……

「在這種地方睡覺，小心感冒啦。」

因為太冷的關係而解除了爆發模式的我，用算不上溫柔的語氣如此說著。

——雖然從墜落事件中生存下來是件好事，但我們依然還是面臨著生命上的危機。

身上只穿著迷你裙納粹制服的卡羯當然不用說，我身上也只有穿著武偵高中的制服。即使是冬季服裝，可是耐寒程度也只有最低限度而已。這樣下去的話，我們應該都會被吹颳的寒風凍死了。

因此……我為了避風，抓住繩索，把降落傘拉近身邊。

接著，用降落傘的布蓋住卡羯與我的身體。

就用這個——代替帳篷吧。

飛船用的降落傘是防火布料做成的，多少也能阻隔溫度。而且因為布料面積不小，所以不只可以拿來蓋，也能厚厚地鋪在我跟卡羯的身體下。

在這臨時搭設的帳篷中，卡羯坐起上半身……「啪！」一聲點亮打火機下方的LED手電筒。

「……」

「……」

兩個人面對面盤坐所創造出來的這個空間……雖然說是帳篷，但因為沒有骨架，所以是用頭頂支撐著布料的。感覺就像橡皮製的救生筏，不，大型的睡袋。

我們在近距離下互相別開視線，沉默了一段時間後——

「遠山，你……剛才是想要救我嗎？你是笨蛋嗎？」

卡羯嘟著嘴，對我如此說道。

她應該是在說自己在沒有降落傘的情況下墜落時……

我也跟著從齊柏林飛船上跳下來救她的那件事。

「我只是想遵守武偵法罷了。我記得在法國也是禁止武偵殺人啊。」

聽到我冷淡的回應，卡羯陷入了沉默。

「……不知道這裡是什麼地方啊。」

這次換成我開口詢問後，卡羯便回答……

「西阿爾卑斯山。原本的航線是要前往杜林，不過我們在跨越白朗峰的途中掉落下來了。」

……白朗峰……

還真是掉落在想像範圍中最糟糕的地點啊。

白朗峰是位於法國與義大利交界處的歐洲最高峰。

我記得標高應該是四千八百公尺的樣子。怪不得剛才的掉落時間會那麼短呢。

我跟卡羯接著都不再提起關於這件事的話題了。

在寒冬中的白朗峰遇難，別說是登山靴或冰鎬了，連帳篷或禦寒裝備都沒有的……這個現實。

對於生還來說還真是絕望的狀況啊。

「……」

「……」

不過，保持沉默也只會讓心情更黯淡而已。

像這種時候，在心情上被打敗的話，就一切都結束啦。

另外，為了不要去想到寒冷的事情，我還是說些什麼話吧。畢竟假裝有精神也是有精神的一種啊。

於是，在一段漫長的沉默之後……

「卡羯，原來妳平常是個學生啊？」

我回想起卡羯在羅浮宮美術館時的樣子，而開口說道。結果卡羯大概是知道自己的樣子被看到了，「呿！」地咂了一下舌頭後——

「你有資格說別人嗎？」

回敬了我一句無從反駁的話。

但是，對敵人無從反駁還是讓我感到有點不是滋味，再加上剛才降落傘被搶走而差點被殺掉的仇恨……於是我把卡羯別開視線沒有看向我的頭……一把抓過來夾在腋下，使出一記頭部固定。

哦哦~因為她頭很小的關係，一下就夾住了呢。

「——痛痛痛痛！放手放手放手呀！」

正如卡羯的慘叫，頭部固定是一招雖然簡單卻很痛的招式。

畢竟我也常常被蘭豹毫無理由地使出這招，所以很明白那超痛的感覺啊。

不過，大概是因為寒冷的關係，卡羯即使發出慘叫，也沒什麼力量抵抗的樣子。

總覺得她這樣好像有點可憐……於是我放開手……

「……嗚……」

卡羯整理著她的妹妹頭黑髮，稍微安靜了一下後……

「——嘿呀！」

喂！

她忽然撲到我身上，也不在意自己穿的是迷你裙，就對我使出一記全身關節技。

「痛痛痛痛！放手放手放手啊！」

這次換成我大叫這句臺詞了。

雖然是趴在地上，不過這招根本是卍字固定啊。納粹的魔女還真是徹底呢……！

帳篷終究只能拿來暫時擋風而已……

隨著時間進入深夜，氣溫變得越來越寒冷。在降落傘防火布隔絕出來的密閉空間中，我們不斷顫抖著身體，拚命想要保持自己的體溫——但還是無濟於事。

帳篷中的溫度是冰點以下，而且感覺甚至已經負五、負十度了。

不過，你可別太小看我了，白朗峰。日本的冬天也是很冷的啊。這種程度，跟我小時候過年到青森——星伽神社時經驗過的地吹雪比起來，根本不算什麼啦。

就這樣，與寒冷造成的睡意不斷奮鬥著……時間來到半夜兩點左右。

……啪！

這座簡易帳篷的外側，似乎被什麼東西撞到了。

（……？）

我原本想說應該是冰塊之類的東西，可是聲音聽起來很柔軟。

該不會是有人在外面敲打帳篷吧？

我在心中抱著一絲希望——從降落傘布料的縫隙間窺視外面。

外頭的雲出現縫隙，籠罩四周的寂靜甚至讓人耳朵發痛……不過一個人影也沒有。

取而代之的是……

「……呃……」

翅膀上覆蓋著一層霜，讓外觀看起來像隻白鷺的烏鴉，就掉落在帳篷旁邊的斜坡上。

（埃德加……！）

是卡羯養的那隻大烏鴉啊。

牠竟然追著跌落飛船的卡羯，從空中發現我們然後飛到這裡來了。就算有月光照射，但鳥類的夜視能力還是相當差。牠一定找得非常辛苦吧？

因為寒冷而半生不死的埃德加……擠出渾身最後的力量，一跛一跛地走著、飛著，趴倒在我拉開的縫隙前。

雖然這傢伙是剛才用毒爪攻擊過我的納粹殺人鳥……不過哎呀，動物是無罪的。

畢竟牠是擔心卡羯的安危，拚上性命追到這裡來的。我就看在那份忠誠心上，救牠一命吧。

於是，我把埃德加拉進簡易帳篷內……

用降落傘的包裝袋包住牠凍僵的身體。

「……埃德加，你的主人還活著喔。喂，卡羯……來個感動的再會吧。」

我說著，打算把埃德加遞給卡羯。可是——

剛才還像睡在樹洞的日本睡鼠一樣全身縮成一團、不斷發抖的卡羯……

現在已經沒在顫抖，幾乎沒有在動了。

這……不是因為她身體不冷，而是體力已經用光啦。

「喂、喂！」

我雖然呼叫著她，但是她依然不回應我。

於是我探頭看向她的臉。她已經沒有意識，連鼻水都結凍了。

伸手摸摸她的臉頰，冰冷得教人毛骨悚然。不妙，她快凍死啦。

「……嗚……」

不得已之下，我只好把動也不動的卡羯用力拉過來——

坐著從背後包覆她的身體，用自己的體溫為她取暖。

順便也把埃德加放進夾克內側，貼在我的背上。

然而……就這樣忍耐了一個小時、兩個小時……

難以言喻的睡意變得越來越強烈。

這不只是因為現在是深夜的關係，也是因為連我都快要失去意識了。

在雪山上睡著會喪命，並不是什麼迷信。雖然人類遇到過於寒冷的環境，通常都會很難睡著……但是萬一真的睡著，讓寒氣奪去自己的體力，就再也無法復活了。在睡眠時，體溫調節機能也會變得比較低落，最後就會疲勞凍死——也就是造成體溫不斷下降，直到喪命啊……！

……

…………

「……嗚……！」

我緩緩睜開眼睛。

還、還好。雖然不小心睡著了，不過看來是勉強沒死啊。

隔著臨時帳篷的布，我隱約感覺到外面的陽光。

氣溫似乎有上升的樣子。就在我失去意識後沒多久，太陽便升起來救了我一命呢。

埃德加依然還在我的背上，不過我沒看到卡羯的身影。她大概是撐過夜晚之後，走到帳篷外去了。

我接著打算確認一下手錶上的時間，結果……喀！

我的雙手……竟然被手銬銬住了。手銬上還有卐字符號。

（該死的卡羯，身上居然還帶著這種東西啊……！）

於是我只好扭動著身體，出到帳篷外——

好刺眼啊。沒有任何東西遮蔽的太陽，閃亮亮地照耀著四周。

乾燥的風雖然冰冷，不過陽光倒是熱到會讓人被晒傷的程度。

我眯起眼睛環顧四周。在視線所及的範圍內——都只有冰河以及被冰塊包覆、像金字塔一樣的黑岩石而已。腳下則是宛如氣化乾冰似的白色煙霧緩緩流動著，大概是冰塊在陽光照射下融化所造成的水蒸氣吧？放眼望去，只有一片雲海……周圍看不到任何人造物。

「Guten Morgen（早安），遠山。你現在是我的俘虜，給我安分一點。」

我聽到背後傳來聲音，而轉頭一看……

卡羯手上握著魯格Ｐ０８，對我露出一臉奸笑。

看來她精神不錯……還真是不知感恩的女人啊，竟然劈頭就給我來這招。

不過，她的語氣也聽起來比較柔和了。

應該是她睜開眼睛的時候，發現自己被我抱著幫忙取暖……所以態度比較軟化了吧？雖然行動上還是老樣子啦。

即使被手銬銬住，我還是打算拔出貝瑞塔……可是我只摸了一下，就靠重量發現子彈被抽空了。這下ＤＥ應該也是一樣吧？

「你的子彈，我已經丟到冰河下去啦。手槍我等一下也會搶過來，不過因為太重了，你就先幫我拿吧。」

「哼……妳在雪山上開槍試試看啊，保證會引起雪崩，讓妳自己也喪命的。」

丟下這句話後，我轉身背對卡羯……打算拔腿開溜。可是……

「那方向是義大利喔，遠山。距離有人住的地方很遠，而且還有哨站。我看你一定沒帶護照吧？」

聽到卡羯這麼說，我只好又轉回頭了。

這麼說來，我的護照好像忘在貞德的房間啦。

卡羯把槍收起來後，利用手錶指針與太陽的位置確認著方位。

「那我們又該往哪裡去啊？」

「往法國方向的山腰上，有個叫霞慕尼的小鎮。我們就沿著不會被國境警衛隊發現的路線走吧。畢竟我如果接受盤問也很不妙呀。」

或許是因為沒辦法得出非常準確的方位，卡羯不斷搔著頭、轉換手錶的方向……不過她似乎知道地下社會專用的路徑。

而她之所以會把這件事告訴我，應該是想對昨晚的事情致謝吧？

我也很明白——就算彼此是敵人，但是在這種嚴峻的高山上分別行動有多愚蠢。

因此，我跟上邁出步伐的卡羯……走在她身邊，一起沿著冰河往下移動。

「哦哦對了，卡羯。這傢伙是個連俘虜都算不上的行李，就還給妳吧。」

我忽然想起在我外套背部內的那隻烏鴉，於是扭動肩膀……靠著被手銬銬住的手好不容易把牠掏出來後，遞給卡羯。

結果——

「…………！埃德加！」

打開降落傘袋的卡羯驚訝得睜大眼睛，抱住從袋中飛出來的烏鴉。

接著，露出滿面笑容——

「太好了……！我以為我們一輩子都無法再相見了呀，埃德加。太好了……！嗚、嗚嗚、嗚哇哇……」

哭了……開心得哭了。

那表情不同於平常的卡羯——而是那個像普通女孩子的卡羯。

「……」

無論身上背負的是什麼旗幟，這傢伙一樣是個人啊。雖然她完全沒有對我說一句謝謝啦。

「啊哈哈！埃德加！等到我們回去之後，我就餵你吃椒鹽卷餅吧！啊哈哈哈！太好了，真是太好了！」

卡羯開心地哭著，雙手抱起埃德加——

像在跳華爾滋一樣，又是轉圈又是跑跳起來。

「喂、喂，卡羯！」

正當我要提醒她「要是跌倒就不妙啦」的時候——

竟然發生了比跌倒更糟糕的事情。

「——嗚喔！」

發出聲音的卡羯，忽然消失了蹤影。

往她的正下方。

「——卡羯！」

我以為她跌落山崖，而趕緊衝過去一看……

在卡羯消失的地點附近，冰河裂出了一道寬約一公尺的裂縫。

因為腳下流動的水蒸氣讓人看不太清楚，不過這是……冰隙啊……！

也就是在冰河或雪溪上會出現的巨大龜裂。卡羯就是掉落到那個宛如自然陷阱的縫隙中了。

感覺深度應該有十公尺的昏暗冰壁上……

抱著埃德加的卡羯，就卡在大約地下四公尺左右的地方。

「妳……妳沒事吧！」

「呿……！」

卡羯雖然想要爬上來，可是冰隙的壁面相當滑，想爬也爬不上來。

而且身體越是動，反而就會掉得越深。

於是我打算利用腰帶的繩索。可是……怎麼會這樣？腰帶扣上的絞盤竟然壞了。這下頂多只能拉到跟自己手臂一樣的長度而已，而且一下就會捲回去了。

遇到這種狀況，其實只要利用雙手，把手掌跟手肘當成捲線器，就可以把繩索拉出來了。可是……

因為卡羯用手銬銬住了我的手，讓我沒辦法這麼做啊。

「——卡羯，把這手銬的鑰匙給我！這樣我就能把繩索伸到妳那邊了……！」

「……不行！你忘記了嗎？你可是俘虜呀！」

在冰層下意氣用事的卡羯——又往下滑落了幾十公分。

「我知道了！我不會逃啦！我保證，所以快點把鑰匙給我！」

「……嗚……」

卡羯雖然依舊保持沉默，不過，她的身體又差點往下滑落，讓她露出了慌張的表情。

於是她總算從胸前口袋中拿出鑰匙，讓埃德加叼著，「啪沙啪沙」地飛上來了。

從埃德加口中拿過鑰匙的我，慌慌張張地解開手銬——

接著趴在冰隙的邊緣，盡可能固定住自己的身體，並且讓繩索往下垂降。

看到卡羯把繩索固定在自己的腰帶上後……

我非常謹慎地、謹慎地，慢慢把她拉上來。

畢竟她的體重就如外觀呈現的一樣不算重，一定沒問題……！

就這樣……等到卡羯被拉到冰隙邊緣附近後……

「……把手給我……！」

我對她伸出手。

「啪！」一聲緊緊抓住我的手……非常小，而且非常柔軟。

就在卡羯好不容易爬上地面的時候，冰隙邊緣微微碎裂——

結果剛才還銬在我手上的手銬，就這樣掉落到黑暗的地底深處了。

後來，再度往山下走的卡羯……

變得非常安分，或者應該說是根本不講話了。

她大概是對於被敵人拯救的事情感到很丟臉吧？

另外，她也沒有想要再度拘束我的意思。

不過畢竟我也約好不會逃跑了，因此我繼續跟在卡羯的身邊走著。

在亮白色的冰面斜坡上，兩個人偶爾互相幫忙——一路往下行進。

就這樣，大概走了四到五個小時左右。

剛開始只看得到冰層的腳下，漸漸開始出現堆積岩的影子……

（……那是……）

天候改變，讓覆蓋下方的雲層緩緩消散後……我總算看到許久未見的人造物了。

「——是鐵塔，還有電線呀。」

卡羯把手掌抵在眉毛前眺望遠方，總算開口說話了。聲音聽起來……很有精神。

「還真遠啊……」

「別抱怨了，遠山。沿著電線走下去，就是霞慕尼啦。那是登山客會到訪的小鎮，所以也有飯店，可以喝到熱呼呼的湯呢。」

「熱湯啊……聽起來不賴。」

我們兩人不禁相視而笑——

接著又想彼此是敵人，於是卡羯「哼！」一聲把臉別開了。

不過，大概是因為提到熱湯的關係，她的肚子……「咕嚕嚕……」發出聲音。

或許不管在哪個國家，這對女生來說都是很丟臉的事。卡羯頓時臉頰泛紅……

（她的肚子……應該餓了吧。）

而且我也是同樣一整天都還沒有吃過東西——於是我坐在一顆高度大約在腰部左右的岩石上，拿出梅雅給我的那根珍貴的五穀棒。

卡羯立刻發現我手上的糧食，而偷瞄過來。還真是眼尖呢。

然而，她卻沒有叫我把糧食交出來。因此……

「要吃嗎？雖然我是不會全部都給妳啦。」

我只好主動開口，結果卡羯立刻變得面紅耳赤……

「我、我怎麼可能接受敵人的施捨！我可是光榮的魔女連隊的連隊長呀！」

才開口如此說完，她的肚子又「咕嚕嚕……」地叫了一下。

「……」

「……」

我默默地剝開包裝，把五穀棒折成兩半。

接著把其中一半遞出來後，卡羯就「踏踏踏！」地露出火大的表情走過來，一把搶走了。結果妳還是要吃嘛。

這位言行不一的魔女連隊長小姐，轉身背對我後，一口氣就把五穀棒塞到嘴裡……不，她還有把剝下的碎片拿給埃德加當飼料，其實還滿善良的呢。

話說回來，這五穀棒……真難吃啊。即使在空腹之下還會覺得難吃，也太誇張了吧？而且吃起來很乾燥，感覺口中的水分全部都被奪走啦。

我原本喉嚨就已經很渴了，如果可以的話，真希望有杯牛奶，或者至少也要有杯水可以喝──但這裡什麼都沒有。雖然有各種說法，不過我學到的知識是吃雪冰反而會有喪失體溫的危險性啊。

正當我想著這些事情時，卡羯她……從軍服的胸前口袋中，拿出了一個印有卐字符號的金屬筒。她還真是什麼東西都往胸前口袋塞呢，大概是為了讓自己的胸部可以看起來大一點吧？

「那是什麼？炸藥筒嗎？」

我語帶諷刺地如此一問。

「很可惜，這是水壺啦。畢竟我是厄水魔女──這原本是在緊急時要拿來當武器的水。五穀食品如果不配水吃，對胃不太好，所以我決定要拿來喝了。」

卡羯「咕嚕咕嚕」地喝了幾口水後……

把水壺遞到我面前了。雖然臉還是沒有看向我啦。

「喏。」

她願意……分我喝嗎？

明明那對於她來說，是可以拿來當武器的貴重水源啊。

這是代表既然我分她糧食，那麼她也必須要回禮的意思嗎？

卡羯她……雖然是敵人，不過卻是個自尊心很高的敵人呢。

「……」

我默默地接過水壺，把剛好剩下一半的水一點一點地喝進喉嚨。

話說回來，當人在面臨高山——面臨大自然的挑戰時，就沒有所謂敵我之分了。

畢竟接下來，我們還要繼續互相合作，才有辦法順利下山啊。

我把水壺還給卡羯後……

「——我其實是個德系法國人。」

卡羯眺望著法國境內的山脈，自言自語似地說了起來。

「在大戰時，居住在德國與法國的國境地帶——史特拉斯堡的戰魔女們被編入魔女連隊，為了偉大的祖國・德國拚上性命奮戰。畢竟史特拉斯堡原本就是德國的土地，所以史特拉斯堡的戰魔女們從以前就一直都是德國的魔女呀。」

卡羯說著，忽然露出苦澀的表情——

「可是到了現代，那裡卻變成了法國的領土。這就是領土爭鬥的結果、戰爭的結果。魔女連隊為了守護祖國浴血奮戰，子孫們卻在法國飽受迫害。我也是一樣。頭髮被迫剪短，在網路上看到祖先們受盡嘲笑，就因為『不願賣東西給納粹』而被趕出店家之類的事情都發生過。之前家裡的窗戶上還被人塗鴉過卐字符號，當時要清洗塗鴉時的心情，呵呵，還真難受呢。」

卡羯自嘲地笑了一下。而她的側臉，讓我不禁回想起在羅浮宮美術館看到的情景——

在一群法國人中，孤零零一個人的卡羯。

「對那樣的我伸出援手的，就是伊碧麗塔長官。她把像我一樣受到迫害的德系戰魔女們集結起來，給予我們戰鬥的場所。長官雖然生氣起來很可怕，但實際上是個好人。而且是個超級美女呢。」

只能靠戰鬥維持自己的個人性，卻因為遭到迫害而無法光明正大地參與戰鬥……最後的結果，就是變成恐怖分子是嗎？

卡羯似乎是為了讓成為俘虜的我能理解她們，而對我說了這些話。不過……

我還是、無法贊同啊。

我是武偵，而恐怖分子是我的敵人。雖然沒有像美軍那樣抱著「惡即斬」的想法，不過我還是要遵循武偵法，對她們進行強襲、逮捕。無論有多教人同情的理由，斟酌裁定都是法院的工作啊。

對我來說，這條底線是絕不能退讓的。

不過，哎呀，畢竟我也不是什麼沒血沒淚的魔鬼。所以現在還是不要對她反駁什麼話吧。

——這也是對於把珍貴的水分給我的、崇高的厄水魔女該盡的禮儀啊。

5彈　高歌的鐵十字之虎

當天晚上，精疲力盡的我們總算抵達了霞慕尼鎮上……

這是一處混合了法國與瑞士文化、像個觀光景點一樣的地方。

卡羯踏著蹣跚步伐走進的一家古老飯店可以用德文溝通，於是我們被招待到位於三樓的一間似乎平常不會借給旅客的高級套房。

套房的內裝是純德國風格，鹿頭標本與牆柱時鐘等等裝飾都給人一種復古的感覺。牆壁上還掛著一幅頭戴戰盔的俾斯麥肖像畫。原來如此，這是一間有點傾向親德的旅館啊。難怪旅館人員看到卡羯的服裝也沒有感到驚訝。

後來我們在旅館餐廳大吃奶酪火鍋、大喝熱湯，然後在設有暖爐的大廳稍事休息。好不容易……有種起死回生的感覺了。

卡羯接著用電話與同伴取得聯絡。

至於我的手機嘛，早就被她沒收了。卡羯似乎對於日本獨特的手機相當中意……三不五時就會拿出來，打開俄羅斯方塊的程式玩耍。

窗外是一片讓人不禁會看入迷的美麗星空。

（只要我想逃跑，其實也是逃得掉啦……）

但卡羯說過我是她的俘虜。

既然如此，她應該就會把我帶到她們的據點去吧？如果她打算要跟運送兵器材料的那些部下們會合，很有可能就會暫時中斷進攻行動，先在『兵器庫』集合。

好，一不做二不休，我就假裝乖乖聽從命令，順便探查敵情吧。

畢竟都跟敵人近距離接觸了，卻空手逃跑，可是違反校規的啊。

我如此下定決心後，便打算先表現出友好的態度——

看到在大廳沙發上坐在我旁邊的卡羯，臉上沾了泥土……

「喂，卡羯，別糟蹋可愛的臉蛋啊。」

於是我抱著照顧小學女孩子的心情，用手帕幫她擦掉了泥土。

結果——

「可……可、可愛……？你、你說我可愛？不不不准說那種話！」

卡羯像亞莉亞一樣瞬間變得面紅耳赤，用她小小的手掌「啪！」地賞了我一個耳光。

雖然我搞不太懂，不過看來是得到反效果啦……！萬國共通，平常狀態的我又發揮出不擅於對待女性的特技了。

跟我演完這麼一段搞笑相聲後，卡羯回到房間，從內側上鎖……

讓埃德加負責監視我，自己則是呼呼大睡起來。畢竟她不是像貞德那麼溫柔的女人，讓我這次必須真的在地板上睡覺了。不過，也罷，能睡的時候就睡吧。要是我不快點讓體力恢復，就沒辦法好好探查敵情，之後要逃跑時也會沒力啊。

就在我打起瞌睡……過了幾個小時後……

一陣穿著軍靴的腳步聲把我吵醒了。聲音聽起來……有五個人。

同樣醒過來的卡羯趕緊整理好制服的衣襟——打開房門……

「——Heil（萬歲）！」

「Sieg Heil（勝利萬歲）！」

與似乎是趕來救援的部下少女們用標準的納粹式敬禮互相打招呼。

接著，「呀～！」地團團圍在一起，開心地叫起來了。

大家忽然都變得像普通的女孩子一樣呢。

而討厭這種少女氣氛的我，板著一張臉眺望那群女生……

卡羯似乎很懂得照顧晚輩的樣子，分別對每個部下都叫了一聲，然後滿面笑容地擁抱了一下。

而那些部下們好像也非常喜歡卡羯。看來卡羯……還算很有人望嘛。

話說，各位想必是未來魔女的下士官大人們啊，可以請妳們不要露出那麼凶狠的眼神瞪我嗎？我再這樣繼續被魔女們盯上的話，可是很傷腦筋的啊。

隔天早上，我被帶到一輛應該是運送士兵用的卡車上——

與卡羯她們一起從位於阿爾卑斯山山腰的霞慕尼出發，朝西邊下山了。

接著轉乘到車輛運送列車上，繼續往西行進。大概是因為發生過意外的關係，她們並沒有使用飛船。看來她們果然因為我的關係，決定暫時中止進攻義大利的計畫，而先撤退到不知位於何處的據點了。這也應該可以算是我阻撓了敵人進攻行動的一項戰果吧？

就這樣，我們花了整整半天的時間移動後——

到了黃昏，我被戴上眼罩，走下貨車，然後又被帶到一輛奇怪的交通工具後座上坐下了。從那像機車一樣的聲音判斷，這應該是……Kettenkrad 的後座吧？

好幾輛 Kettenkrad 排成一列車隊，行進在普通車輛實在無法通行的顛簸路面上。

接著……進入似乎是漂浮在水面上的搖晃道路。

鼻子可以聞到水蒸氣的味道。不過，感覺不是海上，應該是湖泊上才對。

最後走了一小段石板路後，全車停了下來。

「好，遠山，下來。」

卡羯拿掉我的眼罩——於是我看到這裡是一座石造的古城，當中的下車車道。

感覺連貨車都可以輕鬆通過的拱門型短隧道，一路延伸到城內。

隧道兩邊垂掛著納粹德國的長型旗幟……底下則是有幾名少女士兵立正站好，排

成左右兩列迎接卡羯。而在深處的城內──

「……嗚！」

即使是已經看慣各種誇張場景的我，見到那東西還是忍不住當場腿軟了。

（──虎Ｉ戰車……！）

納粹德國名聞世界、全球最有名的重戰車，就停在那裡。

那是當時讓同盟國聯軍都會聞之喪膽的世界最強主砲──88ｍｍ砲。有稜有角的外型雖然缺乏現代感，卻是連戰車砲、對戰車砲的砲彈都能輕鬆彈開的強韌裝甲。

砲塔編號是１３２，塗裝為突尼西亞戰用的沙土色。

話說回來，戰車、嗎……！

（竟、竟然連這種玩意都能持有啊……）

其實那東西光看一眼就能知道是實車，但我還是抱著一絲希望湊近觀察……巨大到甚至必須抬頭仰望的那輛戰車，果然是真貨，不是什麼模型。而且保存狀況看起來好像還能運作的樣子啊。

「……！」

這時我才注意到，周圍還有其他戰車。像英國的Ｍｋ・Ⅷ巡弋戰車、舊蘇聯的Ｔ－34中型戰車、美國的Ｍ４中型戰車。簡直是二次大戰時代的名戰車系列啊，連日本的九五式輕型戰車都有呢。

我不禁抱著傻眼的心情，環顧那群戰車。接著就看到——

『MUSÉE DE LA GUERRE ÉCOLE』

上面寫著Musée……以英文來說就是Museum……『博物館』的招牌。另外還有描繪著『坐上戰車吧！參加主砲設靶活動！』情境插圖的簡介小冊子。

這下我總算明白了。

這裡是——戰爭博物館啊。應該也確實有當成真的博物館在營運吧？

換言之，這裡就是卡羯她們兼作博物館進行偽裝的……『兵器庫』……！

原來如此，這群恐怖分子設想得還真周到啊。在這樣的地方，就能大量收藏各式各樣的武器了。

就連在歐洲被視為禁忌的卐字旗，也能光明正大地掛在館內啦。

「喂。」

卡羯輕輕戳了一下我的肩膀，於是我轉頭一看——

她竟然把手掌朝上，對我伸出來了。我可不會給妳壓歲錢喔？

「……幹什麼啦，卡羯？」

「入場費，八歐元。」

「還要收錢啊……」

「這是門票，拿去。上面還有印紀念章呢。」

我就這樣像是遭到勒索似地被搶走一張十歐元鈔票，然後得到一張背面印有卐字印章的門票。

她雖然確實有找給我兩歐元硬幣……不過我拿著門票也不知該如何是好啊。

「……這個印章。卐字符號如果在歐洲街上拿出來的話，應該會被逮捕吧？」

「沒錯。這也是納粹德國至今依然受到世人畏懼的證據呀。歷經百年、千年之後依然受到世人畏懼，對魔女來說可是很光榮的事情呢。呵呵呵。」

卡羯說著，笑了起來。她自從進入自己的陣地後，就顯得非常輕鬆自在。我倒是一點都不能放鬆啊。

話說……這座城內，如果當成博物館來看待的話，展示的手法確實很高明。不但把重點展示的虎式戰車放在會讓入場者感到震撼、忍不住想要付入場費的地方，館內深處還可以隱約看到V－1飛彈呢。

……反正錢都付了，我要不要乾脆稍微參觀一下呢？啊，還有武藤做成模型的獵豹式驅逐戰車呢，如果那傢伙到這裡來應該會欣喜若狂吧？不過他應該會對我解釋一堆有的沒的，讓我到途中會煩到揍他一拳就是了啦。

當然，她們最後並沒有讓我好好參觀，而是把我帶到宛如要塞的地下——一間推測應該是魔女連隊司令部的昏暗大廳中。

哦～哦～還真可怕呢，這房間一看就讓人覺得是魔女的巢穴。如果讓討厭驚悚系作品的亞莉亞來到這裡，她現在應該會全力噴射滯空裙甲，到處逃竄吧？

首先，這間司令部……周圍擺設了好幾個水晶骷髏的燭臺，上面還點著蠟燭。

牆壁上莊嚴地裝飾著連我都知道的出名西洋魔術體系圖——生命之樹的畫作，以及兩幅看起來像納粹時代上級軍人的男女肖像畫。

肖像畫中的男性，我總覺得好像在哪裡看過……但是卻想不起來。

而在地毯上，從昏暗的光線中狠狠瞥了我一眼的——是雙眼呈現黃金色的黑豹。

神祕的七色水晶吊燈照耀下的室內，擺放著用黑色橡樹木材作成的細長桌子。

在長桌兩旁站起身子的，是身穿納粹制服、頭戴魔女帽的一群年輕女性。

包含拿到一頂新帽子的卡羯在內，總共有六個人。在深處還有另一名感覺不太一樣的女性。

她們每個人的外觀不是漂亮就是可愛，而且全都穿著迷你緊身裙，讓我還真是不能接受啊。

另外……所有人感覺都很有一手的樣子。

氛圍上就跟剛才圍繞在卡羯身邊的菜鳥魔女們完全不同。

（大家佩戴的襟章都是校官以上——也就是魔女的幹部會議吧？）

當中最引人注目的，就是坐在壽星席——也就是最深處座位上、用蒼藍色眼睛睥睨眾人的二十歲左右女性。只有這傢伙戴的不是魔女帽，而是典型的納粹軍帽。

衣襟上的徽章——左右都是槲葉三枚，沒有星章——是少將。也就是將官等級的人物要接見我是嗎？

髮梢修齊的金色長髮，美貌到甚至讓人震撼；大紅色的口紅看起來相當適合她；高䠷的身材也很帥氣。唯一感到可惜的，大概就是那銳利的眼神非常恐怖吧？雖然如果讓喜歡虐待狂的男性看到她，或許會喜極而泣也不一定啦。

——那樣的一名女性……

「Heil（萬歲）！」

簡略地做出一如往常的敬禮後，包含卡羯在內的六名魔女也「Heil（萬歲）！」一聲，並坐下了。

這個納粹式敬禮我也看膩啦。雖然剛開始還會覺得很新奇啦。

心中感到無奈的我，被帶到坐在次席的卡羯後方站好。

「那麼……因為今天有客人，我們就用日文交談吧。」

坐在首席的少將如此開場後……

「西方大管區法國管區所屬，魔女連隊——連隊長卡羯・葛菈塞回營報告，紫作戰暫時中斷，中途戰果獲得一名俘虜。遵照軍規，將在連隊內自行處分。」

卡羯得意洋洋地發言，把我當成她的戰果了。

「辛苦了。極東戰役是魔女連隊的私下鬥爭，原本應該是不需要進行報告的。不過我想總統閣下如有耳聞，必定也會相當歡喜吧。」

少將用很有氣質的聲音如此說道後，用她眼角尖銳的眼睛看了我一眼：

「遠山先生，我叫伊碧麗塔・伊士特爾，是這些孩子們的監護人——也就是長官。日本與德國是友好國，因此我歡迎你到來。日本是東鄉平八郎、野口英世、宮澤賢治等諸多優秀人物出身的偉大國家，我也相當尊敬呢。」

妳在講哪個時代的事情啦？這女人簡直就像從七十年前時光旅行到現代一樣啊。

「……那幅油畫，不掛希特勒先生沒關係嗎？」

我對高高掛在那女性背後的肖像畫稍微吐槽了一下後……

「你的歷史知識學得不夠喔，遠山先生。魔女連隊雖然是希特勒總統的部下，但只是陪臣。真要追溯始祖，應該是直屬希姆萊長官的大魔女——戰嵐魔女伊露梅莉雅・伊士特爾，也就是我的曾祖母。而她的丈夫就是第二代伊・U艦長——格特・伊士特爾。」

以前的伊・U艦長……的子孫，就是這位美女——伊碧麗塔嗎？

這時我才想起來，伊・U艦上的歷代艦長之墓中，確實有張納粹德國軍人的遺像。而這女人就是那位男性的曾孫啊。

還有……從她的話語中，我隱約聽出來了。這位伊碧麗塔長官——

恐怕就是現代納粹德國殘黨的本部派來負責監視的人物。

從她可以允許部下參加私下鬥爭、獨自處分俘虜、甚至連向上級報告都不需要的態度看來……以公司來比喻的話，她對於魔女連隊來說就像持股公司的本部派來的花瓶上司。而所謂的總統閣下就是本部的社長，卡羯是子公司的小社長了。

GⅢ也有提過，世界上存在著許多規模小而老舊……但是很強的納粹德國繼承結社。魔女連隊也是其中之一。

這些結社雖然聽說好像是各自為政，不過其實每個納粹軍之間還是存在著像集團企業一樣的微弱聯繫啊。

（另外……在這裡的魔女們……人種都不一樣啊。）

她們的眼睛與膚色都各不相同，頭髮也不知道是不是魔術的影響，像動畫人物一樣各種顏色都有。

真的像純粹日耳曼民族的人只有伊碧麗塔長官而已。其他還有像東歐系、北歐系、南美系跟土耳其系的人。

通常提到納粹德國，至今依然還是會給人一種貫徹人種差別主義、夢想第三帝國的印象……不過看來似乎並不是那麼一回事。

哎呀，畢竟如果到現代還講究那些事情的話，也很難確保人才吧？光是看到卡羯可以擔任實戰部隊的隊長職務，就知道她們很缺人才啦。

法西斯主義，不……應該說任何意識形態，都已經是跟不上時代的想法了。而所謂的組織，就是會隨著社會情勢不斷改變啊。

她們身上那套宛如傳統技藝的制服，也只不過是為了讓凌亂不齊的成員們能抱有統一感，好集中意識的一種打扮罷了。對外也可以達到某種掩飾的效果。要是沒有看穿這一點，就會像美軍一樣吃大虧了。

大概是從視線中看穿了我心中的想法，伊碧麗塔接著對我提到關於魔女連隊的事情：

「——我雖然沒有遺傳到魔術的才能，不過她們這些戰魔女們都是從中世紀以來以戰鬥為生存目的的武家的後代。在之前的戰爭中，全德國的魔女們都捨棄了過去的仇恨，彼此攜手合作。而魔女連隊就是繼承了這個精神的光榮部隊呢。」

……以武偵來說，就是像一群戰鬥狂攜手結為同盟的意思吧？而且還是S研系的戰鬥狂。

「在魔女連隊的這群孩子們之中——並沒有所謂的主義主張。她們只是純粹想要戰鬥而已。只要有資金、有戰場，對她們來說就足夠了。對香港的那場攻擊，也是美國的某位有力人士希望可以對中國提出警告……所以利害一致的本部就撥出一些預算給她們執行了。」

哎呀，就算『真空炸彈』最後被我們阻止了——

她們還是給予中國當局相當程度的恐懼心理啦。

雖然有點不甘心，不過她們那場兼做對我們進行攻擊的恐怖行為，還是要算成功一半啊。

「除了戰鬥沒有其他才能的納粹亡靈，為了尋找戰鬥的理由而四處徘徊……到了現代就變成一群恐怖分子是嗎？哎呀，以末路來說也算合理啦。畢竟妳們除了這樣做也沒別的路可走啊。」

看到我始終保持著強硬的態度，伊碧麗塔很快便微微吊起眉梢：

「遠山先生，我勸你最好注意一下自己的發言。雖然在東洋的將棋中，吃下對手的棋子可以拿來當作我方的部下……但你應該也清楚西洋棋的規則吧？」

西洋棋的棋子──一旦被對手吃掉，就不得復活。也就是被殺的意思。

……既然對方有那個打算，看來我也該適時撤退啦。

反正我已經多少掌握到敵情，也知道兵器庫的真相了。就把撤退放入計畫中行動吧。

「有話想說就給我說清楚點。妳是想殺了我嗎？」

「呵呵，聽說你就算接受了藍幫的款待，最後也沒有背叛同伴的樣子──而我們也沒有可以拿來招待客人的交際費用。好啦，這下怎麼辦？」

「要招待就免啦。反正我也不喝啤酒。」

就算是我，也不是完全沒想到對策就魯莽闖到這裡來的。

現在我必須要『像爆發模式的時候一樣』，假裝自己比對手還要強很多才行。畢竟姑且不論好壞，我似乎都已經在這樣的地下世界中小有名氣的樣子啊。

簡單講，就是靠虛張聲勢嚇唬她們，然後趁機逃跑——

「那你要投降嗎？如果找不到可以舉的白旗，我的襪帶也可以給你喔？」

「誰要那種東西。剛好相反啦。如果魔女連隊願意投降，然後把亞莉亞的殼金還來，我也可以放妳們一馬。話說在先，光是在這裡的七個人，我徒手空拳就能把妳們全部打爛做成火腿囉？」

我這樣的一句發言，立刻就犯下了嚴重的失誤。

伊碧麗塔聽到我一開始的發言就吊起眉梢，到後面幾乎根本就沒有在聽——

「——那就處刑啦。你其實應該要喜極而泣、對我求饒才對的，真是個小笨蛋呢。」

而且還靠著跟亞莉亞同等級的武斷思考迴路，對我宣告死刑。

……糟啦，虛張聲勢作戰，大失敗……！

我只要面對的是女性，就總是在失敗啊……！話說，為什麼聽到『我才不要妳的內褲』就要發飆啦，長官？雖然臉上笑咪咪的，可是額頭卻浮現血管啊，還是ㄣ字型的。

正當我連威嚇手法都喪失、臉色開始發青的時候——卡羯「唰！」地舉起手：

「恕、恕我發言，伊碧麗塔大人。」

「哎呀？有什麼事，卡羯？」

「遠山是值得信賴的人物，而且還是過去同盟國家的人。因此我認為應該讓他加入成為同伴。」

即使我站在斜後方也可以發現到，卡羯說話的時候，額頭不斷在冒汗。

畢竟這裡是個軍隊式的集團，要反駁長官應該是很不要命的行為吧？

「卡羯，背信是要接受處罰的喔？妳知道處罰是什麼嗎？是要被我拷問喔？」

「這、這個男人拯救過我跟埃德加呀。」

「……什麼？到底發生了什麼事？給我詳細說說看。」

伊碧麗塔說著，把全身靠在長長的椅背上後——

卡羯開始描述起在白朗峰上遇難時，我把那隻大烏鴉還給她的事情。

聽到這段故事……伊碧麗塔長官從途中就把身體往前傾……

「……哦哦……」

最後甚至把頭仰向斜上方，閉上眼睛……從尖銳的眼角流下了一道淚水。

接著拿出一條紅色的手帕，為了不讓臉上的妝花掉，輕輕地擦拭眼淚。

總覺得她……好像在……感動是嗎？

明明只不過是我救了一隻烏鴉，然後還給主人的故事而已說。

伊碧麗塔默默地思考了一段時間後……

「……是嗎？原來是這樣。如果不是敵人的話，早就該頒發十字勳章了呢。使魔對魔女來說宛如第二生命，而對於拯救了那個使魔的遠山先生，就特別赦免以代替勳章吧。」

她說著，還用手帕擤了一下鼻子。

伊碧麗塔長官……意外地是個淚腺很鬆的女人呢。

「那麼就變更處分，施行思想教育，讓他成為一名恐怖分子。雖然是個男人讓我不太能接受，不過就交給羅珊娜，妳負責為他動手術吧。」

聽到伊碧麗塔的命令，剛才一直戰戰兢兢、保持沉默的一名圓框眼鏡魔女就——

「是！Sieg Heil（勝利萬歲）！」

忽然露出異常興奮的表情，很有精神地用力舉手敬禮，甚至讓她的髮辮也跟著跳了起來。接著，又「OP, OP. Ich mache schöne.（手術、手術，我要創造一個美女。）嗚呵呵呵。」地小聲呢喃著。

手術……是想對我做什麼啦？超恐怖的。

難道是想把我改造成像假面騎士一樣的怪人嗎？就算是對各種恐怖狀況都已經習慣的我（主要是因為亞莉亞的關係），也忍不住覺得很害怕啊。

伊碧麗塔愉悅地看著我發抖的樣子，接著端正姿勢：

「——鹓鹓鹓，世界上最聰明的人是誰？」

聽到這句提問，六名魔女們都伸直背脊——同時回答：

「是伊碧麗塔大人！」

「世界上最美麗的人是誰？」

「是伊碧麗塔大人！」

「完畢！解散！」

我、我還搞不清楚到底是什麼狀況，軍事會議好像就結束了……

話說，伊碧麗塔似乎不打算殺掉我，而是要利用我的樣子啊。這下事情又變得麻煩起來啦。

再次被銬上手銬、關到一樓小房間裡的我……坐在床上，不知如何是好。

事到如今，我也只能逃跑啦。要是繼續留在這裡，根本不知道會遭遇什麼事情。

房間的窗戶雖然小，不過頭應該可以穿得過去。只要我使出遠山家祕技『骨克己』——讓自己脫臼、骨折，把全身都拆散，應該也不是不能逃出去，只是那招會痛得要命就是了。至於外面的鐵窗，就用頭槌想辦法拆掉吧。

就在我開始思考著這種末期逃脫法的時候……

——喀嚓。

也沒聽到敲門聲，身穿制服的卡羯就進到房間來了。

她露出有點緊張的表情，又有點害臊地紅著臉，關上房門……

但是房門又不知被誰從外面推了一下，露出一點縫隙。

卡羯好像沒有察覺這件事，不過我倒是看到了……剛才那群魔女們似乎聚在一起，透過那道縫隙在偷窺房內的樣子。

雖然我搞不太清楚狀況……

「……剛才真是謝啦。」

不過我還是姑且對她剛才提出埃德加的話題，救了我一命的事道謝了。

「德國的魔女是有借必還的。剛才那是因為在山上……呃、你、你幫我取暖，所以我回禮罷了。這下就互不相欠囉？我已經沒有『被俘虜拯救』這種不名譽的事情要背負了。」

紅著臉的卡羯，一屁股坐到床上，而且還跟我靠得很近。

總覺得她身上好像飄來洗髮精跟肥皂的香氣啊，還有她本身那股像少女般的甘甜氣味。

「而且我那樣做也是為了拯救伊碧麗塔長官。畢竟在一部分的眷屬中，都說你是個只要想殺掉，就會遭受恐怖反擊——被稱為『詛咒的男人』的人物呀。」

……怎麼又增加了一個討厭的綽號啦？『哿』還比較好一點呢。

我不禁皺起眉頭，裝作若無其事地跟卡羯拉開一點距離後……卡羯竟然也跟著把屁股滑過來了。

她接著從胸前口袋中拿出一個酒壺，仰頭喝了一口。

「遠山，你也喝一杯吧。」

卡羯把酒壺遞給我，連耳朵都紅了起來……不過要說是因為喝酒的關係，也未免紅得太快了吧？

「我記得希特勒應該有說過，酒是毒水啊。」

「是、是我在緊張啦，不要囉囉嗦嗦的。」

她說著，又拿出了一根菸。還真是個不良少女呢。

可是卡羯不知道為什麼雙手發抖，遲遲無法點燃打火機。最後她就把打火機一丟，露出下定什麼決心的表情——

「關於你的魔女化……我有個方法可以讓你不用接受手術。伊碧麗塔大人對使魔是很寬容的。埃德加也說，把使魔的位子讓給你也沒關係。反正你已經是個詛咒的男人，素質也很足夠了。」

「雖然我是完全聽不懂啦……不過既然可以不用接受什麼手術，那還真是感激不盡。」

「好，那就來定盟約吧。要對人類的男性做出這種事，一名魔女一輩子只有一次機會。就連伊碧麗塔大人，到現在還是用黑豹當使魔呀。用動物或鳥類當使魔，就是還身為少女的證據。」

卡羯把她的臉湊到我面前——閉起眼睛……

二話不說地就……親、親了我一下……！為什麼啊！

「唔……喂……幹麼啊……妳想做什麼！」

我趕緊在床上逃到牆邊，而四肢趴在床上的卡羯則是——一點一滴地逼近過來了。

「你明白的吧？」

「我不明白啦……！」

「雖然大家在走廊上偷聽，不過你就原諒她們吧。難免會這樣的。」

把領帶解開的卡羯，接著從衣領開始——把她那件感覺很緊的黑制服鈕扣也解開了。

這、這、這個狀況，看來不是只親嘴就了事啦……！

「你給我安分一點！很快就結束了！」

唰！

制服胸口完全敞開的卡羯，把她那對比亞莉亞稍微像樣一點，但還是很小的——被大紅色內衣包覆的胸部，整個貼到我臉上來了。

不、不妙。好甜、好甜的、香氣……！

事到如今，就算是我也搞清楚這行為的意義了——但沒想到做這種事竟然要如此

強硬，而且還有女性主動的狀況啊。不過仔細回想起來，我過去也有被白雪啦、理子啦、還有貞德做過類似的事情呢。只是因為那些記憶不堪回首，所以我刻意忘掉了而已。

「我的家訓也有說過，要跟拯救過自己性命的對象，結、結合才行呀……」

抱住我頭部的卡羯——用她至今為止從未有過的溼潤語氣說著——

我那對於這種聲音，以及她這種體型特別容易繳械投降的血流……

……撲通……！

頓時在我體內激烈流竄起來。

「……？」

就在這時，卡羯忽然用力從我身上離開。

接著……露出「？　？　？」的混亂表情，重新穿好上衣。

而我也很快就發現那個理由了。

——好冷。

室內的氣溫，忽然驟減。

然後……出現了一閃一閃的**鑽石冰塵**，飛舞在空中。

我趕緊回頭一看，窗戶與周圍的牆壁都被凍結了。

結冰的範圍從窗戶不斷往四周擴散，讓室內被寒氣包覆。

這情景……我有看過。就是之前五月的時候，在地下倉庫。而且招式的日文名字，我後來也從本人口中聽過。

（『奧爾良的冰花』……！）

我與在床上站起身子的卡羯同時望向遙遠的窗外——

結果看到一個人影正輕飄飄地跨坐在一輛似乎剛才是用推過來的附側座機車上……

「……貞德……！」

正是頭戴通信器的銀冰魔女——貞德。

「敵……敵襲！是貞德・達魯克呀！」

聽到卡羯忍不住用日文大叫，從門縫偷窺房內的魔女們頓時騷動起來。

貞德發動那輛似乎是從這裡的倉庫偷出去的附側座機車——漸漸遠去——原本還以為她要逃走了，卻又快速掉頭，刨起許多小石子。

接著……

她奮力拿起放在側座的那把梅雅的巨劍，瞄準這裡。

把巨劍架得像馬上長槍一樣，「隆隆隆……！」地騎著機車衝過來了！

簡直就像個女騎士的貞德——轟轟轟轟轟轟！

用宛如鐵塊的巨劍一口氣撞破了因為結凍而變得脆弱的牆壁，發出轟聲巨響。甚至讓機車的前輪也跟著衝進房內。

室內因為窗戶與石壁的碎塊，變得彷彿遭到爆破一樣。

（……好險啊……！）

貞德接著把差點順勢連我也貫穿的巨劍用雙手勉強旋轉一圈，插在側座的車尾上，靠劍的重量緩緩往後退。

「遠山，follow me吧！」

因為牆壁出現大洞，而總算不需要自己脫臼、骨折的我——

靠著爆發模式的敏捷身手，跳進勇猛大叫的貞德的機車側座中。

卡羯則是好像被貞德撞破的牆壁碎塊敲到頭，兩腳開開倒在床上。頭上感覺還有小烏鴉在旋轉的樣子，看來是徹底昏過去了呢。

就在剛才似乎也跟著在享受偷窺樂趣的伊碧麗塔長官，舉起手槍衝進房內的同時……

貞德為了閃避子彈而快速回轉，用華麗的操縱技巧讓機車緊急加速。在滿是碎石的路上不斷跳動——衝向她似乎早就用冰塊確保退路的湖泊了。

宛如魔法般——或者應該說本來就是魔法——只要貞德一通過，機車後方的冰橋就立刻融化消失。這樣看來，敵人就算騎Kettenkrad應該也追不上來了吧？湖面上雖然有架設浮板，但延伸的方向跟我們的逃脫路徑完全不同。

「璃璃粒子的濃度怎麼樣，貞德？妳看起來好像可以用魔術的樣子啊……」

「剛才雖然像進入颱風眼一樣變得稀薄，不過現在又開始變濃了。要真正消散，大概要等到明天以後。我是不想繼續使用魔術了啦。」

敵人應該也是一樣的狀況。看來她們是不會騎著飛天掃帚追過來，也不會忽然對我們射出火球或雷電了。

「我原本還在擔心我接近或使用大魔術會被發現，不過看來運氣很好呀。魔女們的注意力似乎都集中在其他事情上的樣子，例如說，戀愛八卦之類的。」

「……那件事我等一下再跟妳辯解吧。」

既然不想使用魔術，敵人現在應該是在準備什麼武器吧？

不過，管他是什麼武器，儘管搬出來吧。我現在可是爆發模式——

——忽然，我透過機車的後照鏡，發現越離越遠的城堡忽然發出閃光——

「貞德，把頭趴下！」

——咻——

——轟隆隆隆隆隆隆……隆……——！

宛如火球般、速度兩馬赫的砲彈。

像落雷似的中彈聲，以及遲了一拍才傳來的砲聲。

緊接著，嘩唰唰唰唰唰唰唰唰唰唰——————！

在我們左側的湖面上，噴起比任何噴水池都還高的水花，直衝天際。

——鏘！

我看到貞德因為空氣與水面的衝擊而讓機車失控——趕緊舉起大劍，充當臨時的重力穩定器，好不容易避開了翻車的危險。

「是8·8ｃｍ砲嗎……！」

一頭銀髮被風颳起的貞德，似乎從砲聲就判斷出了這件事，並且重新轉動油門。

接著，我們兩個人同時往後照鏡一看——嘰哩嘰哩嘰哩嘰哩……

（呃……我雖然是有說『管他是什麼武器，儘管搬出來』啦……）

可是這也有點太誇張了，就算是我也不知道該怎麼辦啊。雖然我一直都覺得遲早有一天會碰上這狀況啦。

伴隨著「嘰哩嘰哩嘰哩嘰哩……」的履帶聲響，從城堡的大門……出現啦。

鐵十字的猛虎。行動要塞。重戰車的魔王。

——虎I戰車……！

（魔女連隊剛才是在為它暖車啊……！）

雖然第一發射偏了，不過想到那戰車的年代，這也是常識。第二發則是——

——咻——

──轟隆隆隆隆隆隆隆……隆……──！

擊中了跟剛才相反的右側。

機車雖然又差點翻覆了，不過還好它是附側座的機車，勉強可以繼續行走。

「一左一右，她們在調整砲臺角度啊。下一發搞不好就會射中了。」

「機車不是什麼大標靶，沒那麼好擊中的。」

「對方沒有使用榴彈算是不幸中的大幸。她們看來只有直擊目標的穿甲彈而已啊。」

機車穿過湖泊，準備進入比較好藏身的樹林──於是緊急加速。而就在下一個瞬間……

──轟隆隆隆隆隆……──！

第三發砲彈擊中我們正後方的湖畔，炸起許多石塊打在機車後部──伴隨著一聲破裂聲響，機車的後輪爆胎了。甚至連輪框都凹陷變形。

貞德從滑行的機車上跌下來，護身倒地。而我也跟著抱起大劍，從側座上跳下車。

從這裡……只要再稍微跑一段，就可以進入樹林了。虎式戰車應該來不及裝填下一顆砲彈。

我快速在地面上滑行，掀起一陣塵土，停在貞德的身邊後……

貞德立刻把給我用的通信器戴在我頭上了。

「同伴會指示路線，follow them 吧。」

『請繼續往前跑，距離大約一百七十公尺。』

是、是中空知的聲音。而且是透過通信器、正常狀態下的聲音。

『快點過來的呢～！虎式戰車先生要繞過湖邊過來了呢！』

這聲音……是星座小隊的小島妹妹……！她也來幫忙了啊？

不管怎麼說，我們首先快步衝進樹林之後……

「抱歉啦，遠山，我們執行這麼不識相的救援作戰，打擾你跟卡羯親熱了。」

貞德又用有點帶刺的語氣，對我如此說道。

「話說，真虧妳們可以找到這裡……呃，這是哪裡啊？」

於是我趕緊把話題岔開，對她這麼一問。

「這是盧森堡一個叫 Ecole 的地區，位於跟比利時的國境附近。因為你長時間失去聯繫的關係，所以我才把中空知叫過來了。另外我還拜託了初代貞德・達魯克部下的子孫，請LUXGSM公司透過手機情報找出你的所在位置呀。」

手機這種東西……

即使沒有在通話，基地臺還是會透過電波進行連結。

換言之，只要有打開手機電源，便可以靠逆向探測找出手機大致上的位置。卡羯她……就是因為覺得日本手機很稀奇，而一直開著電源，最後卻反而害了她啊。

不過，逆向探測需要極為高度的網路技術——更重要的是，需要電信公司的配合。

而中空知與貞德就是靠各自的努力，完成了這項任務……
──為了被敵人囚禁的我。
身為星座小隊監察員的我……
剛開始的時候很瞧不起小隊的成員們。明明大家都是同伴的說。
我甚至在心中還覺得她們是一群廢物組成的小隊。
可是……啊啊，為什麼我就不能相信大家呢？
像這樣被她們拯救之後，我真的打從心底感到反省了。
武偵憲章第一條：同伴之間要互信互助──
我不禁在心中複誦著這條規定，跟貞德一起進入了樹林。

我們一邊隱藏身影，一邊穿越樹林。而在樹林的另一側等待著我們的是──
（……這邊也有戰車啊……！）
雖然跟虎式戰車比起來是小得多，不過依然是一輛隨時可以發動的真正戰車。
然而──這似乎是我方的東西。貞德快速跑了過去。
「因為開車會有被發現的可能性，所以我們從國界開始是徒步過來的……不過我們運氣很好，從那些傢伙的兵器庫偷了一輛戰車出來呀。負責看守的人剛好在打瞌睡，要用氯仿燻倒她倒是很輕鬆。其實我是比較喜歡B1戰車啦，可是當時可以立刻發動的就只有這臺了。」

貞德對我進行說明的這臺就是……

前大日本帝國陸軍的——九五式輕戰車。

那是一輛大小跟汽車一樣的三人座戰車。

雖然它的大砲與裝甲跟虎式戰車比起來宛如玩具，但別看它這樣，它可是在馬來亞戰役中大破敵方裝甲車、縱橫無際大肆活躍過的貨真價實戰車。鮮少遇到機械性的故障，對路面狀況的適應性也很強。在這種被虎式戰車追殺之下，還要突破眼前這片顛簸路面的狀況中，它很明顯比普通的車子來得可靠啊。

「這次對你的救援作戰中，梅雅與華生也有參加。他們跟中空知一樣，正在比利時待機。盧森堡的政治家中似乎有卡羯她們的信奉者，讓她們可以在這個國家中為所欲為——但是她們到了比利時就是通緝犯了。只要我們逃到國界，我想虎式戰車應該也無法追上來了吧。」

梅雅她——也在進行援助嗎？

原來如此，怪不得武運會這麼好，可以偷到機車跟戰車啊。

「快點上車！要出發的呢！」

從九五式戰車的前方艙門中，冒出了一顆綁著蝴蝶結的頭——果然就是車輛科的島莓。既然她可以從兵器庫來到這裡，就代表她能夠操縱戰車的意思吧？

雖然個頭嬌小，但真是了不起呢。簡直就像九五式戰車一樣啊，小島妹妹。

我跟貞德把腳踏在履帶上，爬上戰車後——各自進入砲手與機槍手的位置。

「妳可以嗎？小島妹妹？全速前進。」

「沒問題的呢！」

我記得九五式應該是由砲手兼任車長……於是從砲塔探出頭如此命令後，坐在駕駛座的小島妹妹就——隆隆隆隆隆！

讓九五式發出雖然較小聲但依然像戰車一樣的轟響，捲起砂土疾馳起來。

毫不畏懼差勁的路況，一路往西——往比利時國界奔馳的速度，以一輛古早時代的戰車來說，算是相當快速。看來九五式的車輛狀況非常好，甚至比那輛虎式戰車還要快呢。

在明月下的荒野上疾馳的車內——

「的呢的呢！現在的我好大！我好強！的呢！呀哈～的呢！」

小島妹妹發出一點都不輸給柴油引擎聲的笑聲。

總覺得她好像進入某種亢奮狀態了……不過也真不愧是武藤的強勁對手，她的駕駛手法非常高超。

雖然我有點擔心她那身滿是荷葉邊的洋裝會不會勾到車內的各種儀器啦。

『——竊聽到敵方陣營的通訊了。同步中繼。』

就在這時，通信器傳來似乎在比利時國界等待我們的中空知的聲音——

『Marsch! Marsch! Feuer, feuer, feuer!（前進！前進！發射發射發射！）』

接著就是感覺火冒三丈的伊碧麗塔長官的聲音。

原來少將閣下也坐在那輛引以為傲的虎式戰車上啊。

繞過湖邊、一路撞倒大樹追殺而來的虎式戰車，「轟隆隆！」地發射它自傲的88mm砲，不過卻被巧妙地以鋸齒狀行進的九五式躲開砲彈了。

在月光下的——日德坦克戰。

軸心國的戰車反目成仇，還真是對不起雙方的英靈們啊。

『Richtest du richtig mehr!（給我再瞄準一點！）』

『Nicht nicht erwürgt Frau Iwilitta!（請、請不要掐我的脖子呀，伊碧麗塔大人！）』

另外也聽到了卡羯的聲音，看來她也坐在戰車上的樣子。妳也真是辛苦呢。

就在月光一瞬間被雲層遮蓋的時候，敵人為了確認我方的位置而發射出同軸機槍——

「老是讓敵人轟炸也不好玩啊。」

我趕緊彎下身子，忍不住抱怨了一聲。結果小島妹妹就……

「雖然是仿製砲彈，不過車內有三顆37釐米穿甲彈的呢！第一發已經填裝完畢的呢！」

還真是感激不盡啊。

於是我在小島妹妹的教導下，「嘰嘰嘰」地旋轉砲塔的手轉式把手，讓砲塔旋轉一八〇度——瞄準後方追上來的虎I戰車。

看到九五式一邊逃跑、一邊把砲口轉過來的舉動，虎式戰車上的魔女們頓時騷動起來——

「目標，虎I戰車。光線不足……不，月光恢復了。距離，大概八百公尺左右吧？」

雖然砲術・彈道學我只有在強襲科的講座上聽過而已，不過畢竟我現在是爆發模式啊。

從砲尾用肩膀微量修正角度，集中注意力——發射——！

伴隨「轟！」一聲砲響與反作用力，穿甲彈在空中描繪出一道微微彎曲的拋物線——

命中虎式戰車的車體。可是……

卻只傳來「噹！」一聲教人失望的金屬碰撞聲，砲彈就被重裝甲彈開了。

虎式戰車上還發出「哇哈哈」的笑聲呢。

「……裝填下一發。」

哎呀，我早猜到會這樣了啦。

畢竟我們這輛是比起坦克戰更適合步兵支援的『輕型戰車』，而對方可是為了與坦克戰鬥而開發出來的『重型戰車』啊。

只要讓對方的88mm砲擊中一發，我們就會當場完蛋。

可是我方的三十七釐米砲不管擊中對方什麼部位，都會輕易被彈開。

雖然我很想找藉口說距離很遠也是問題，但就算接近到十公尺的距離下，靠三十七釐米砲應該也無效吧？

真要形容的話，就是像小不點相撲選手跟幕內力士對打一樣。

像現在敵方砲彈「轟！」一聲擊中一旁的地面，九五式就稍微跳了一下呢。

「對方提升砲擊的準度啦。剛才那一發超危險的。」

聽到我這麼一說……

「……我可以感覺到，對方——同時並用了可以提升命中率的魔術呀。遠山，下一發搞不好就會命中了。」

「那又如何！我一定可以躲開的呢！國界河川就在眼前的呢！」

貞德與島便各自如此回應我。

綜合兩人的意見——看來敵人如果發射下一發，我方的危險性是一半一半啊。

不過，要比速度是我方比較快。虎式戰車漸漸被拉開距離了。

我們穿越了如果沿路走會比較繞遠路的車道，再度進入荒野……總算看到了當作盧森堡與比利時國界的小河川。

只要再撐過一發砲彈——就能成功逃脫了。

正當我這樣想著，並再度裝上連兩公斤都不到的砲彈時……又發生了出乎預料的事情。

「——！」

從博物館的方向——傳來宛如警報的怪聲，一個影子飛越了被撞爛的樹林——

「……V……1……！」

V—1——納粹德國開發出來的巡弋飛彈，飛過來啦！

從我們後面的斜上方，朝著這裡！

竟然可以在這麼近的距離下，精密瞄準正在移動的目標——看來它不是普通的V—1，而是裝了電波誘導裝置的改良品。

我記得那玩意的彈頭，裝的是零點八五噸的混合炸藥。

要是被那種東西直接命中，不論是九五式還是我們，都會被炸得粉身碎骨啊。

在情急之下做出判斷的我——

「嗚……！」

——轟！

顧不得三七二十一，就朝著V—1發射出三十七釐米砲彈。

但因為實在太緊急的關係，砲彈——只有擦碰到V－1的邊緣——不過還是稍微改變了一下它的軌道……轟隆隆隆隆隆隆隆隆隆隆隆隆隆！

最後V－1擊中九五式的右後方地面，發出紅蓮烈火。

雖然避開了直擊，但爆炸的衝擊依然像巨浪般掀起土石，撲向九五式——！

島與貞德在車內發出尖叫聲，七噸重的車體就這樣在地上滑動……最後迴轉了幾乎一百八十度，朝向原本在正後方的虎式戰車了。

「這算什麼……的呢！」

島似乎——判斷出直接原地回轉會被敵人追上，於是放棄回轉車體，直接讓戰車往後倒退。打算就這樣倒退行進，一路逃到河川。

然而，履帶似乎被V－1波及造成損傷的九五式……速度變慢了……！

不妙。這樣的速度絕對會被虎式的主炮——88mm砲擊中的啊。

逃不掉了。雖然從敵人到剛才為止的主砲裝填時間來判斷，應該沒辦法發射兩發……但是在我們跨越國界之前，她們應該勉強可以發射一發，而且會確實命中我們。

就在我不禁咬牙切齒的時候，從虎式戰車的方向——

「貞德・達魯克！伊・U的吊車尾！地獄的業火才比較適合妳啦！」

——卡羯那群魔女連隊，透過擴音器……開始合唱起歌曲來了。

這是在搞什麼？總覺得她們好像一直在高唱一些辱罵人的歌曲——

我心中這樣想著，並低頭看向坐在機槍手座位上的貞德……

發現貞德她——睜大冰藍色的雙眼……

「……我、我是……」

握著裝在車體前方的九七式重機關槍的手把……呈現呆滯的表情。

她的樣子，感覺有點奇怪啊。

正當我感到焦急的時候，從通信器忽然傳來似乎從這邊的麥克風也聽到歌聲的梅雅慌張的聲音。

『不、不可以聆聽魔女唱的歌呀！那是「恐怖之歌」，是在大戰時也有用過、可以削弱敵方士氣，甚至引發敵人內亂的歌曲！擁有魔力的人就會受到它的影響呀！』

「貞德……快把耳朵塞起來！那些傢伙的目標是妳啊！」

我雖然對貞德如此大叫——

可是貞德似乎完全被敵人的法術吞沒了，全身不斷發抖。

「沒錯，遠山。我是……我是擅用計策的女人。但那其實是因為……我、我很弱的關係。我是個弱到、根本沒臉與你在一起的傢伙……所以我……我……」

現在的貞德，已經被詛咒到眼眶都溢出淚水了。

「……！」

我雖然沒有什麼可以對抗魔術的方法，但是——

越追越近的虎式戰車為了提升命中率，配合我方的速度漸漸減速下來……將主砲重新瞄準了我們。距離大約四百公尺。她們準備要發射了。發射必殺的88mm砲。

於是我趕緊讓口徑甚至不到對方一半的三十七釐米砲砲塔回轉──

「──貞德！」

並且使盡全力大叫。為了遮蓋敵人的歌聲。

既然那歌聲會削弱魔女的勇氣──

那麼貞德現在最需要的，就只是勇氣而已了。

我必須要為銀冰魔女、為貞德打氣才行。

這樣一來。

這樣一來，就可以度過眼前的難關。

靠爆發模式下的我剛才靈光一閃想到的方法──

一定可以克服那個該死的虎式戰車主砲……！

「貞德，妳讓她們說成這樣沒關係嗎！受到侮辱，就要徹底報仇，不是才叫騎士道嗎！」

「……遠山……」

『盈滿世界吧，全新感受，於神聖的祈禱印記之下，和平騎士齊聚一堂！』

從通信器中，傳來梅雅的歌聲──

應該就是可以對抗魔女詛咒的歌曲吧？

「我、我是……！」

貞德的眼眸中，堅強的力量漸漸甦醒。

好，只差一點了。

「——島，停車。我要跟虎式決鬥！」

「什、什麼……你在說什麼呀，遠山同學！就算發砲，砲彈也只會被彈掉的呢！」

「別囉嗦，快停下來！那些傢伙侮辱了我的貞德，我絕不原諒。再說——我已經受夠東逃西竄啦！貞德，妳也是一樣吧！」

因為貞德的心被敵人奪走，而有點進入狂怒爆發的我——以車長的身分強硬地發出命令。

被我的氣勢嚇壞的島，嚥了一下口水後，讓正在後退的戰車……停下來。

九五式戰車這下與逼近而來的虎式戰車面對面，呈現正面對決的場面了。

「放心吧，砲擊戰是一種數學戰鬥。而我的數學成績，在東池袋高中有稍微進步啦。」

「……？」

淚眼汪汪、全身發抖的島，抬起綁著蝴蝶結的小腦袋仰望我……

好，這下就沒有行車震動妨礙我了。

多虧如此，貞德原本左右亂擺、抓不到定向的機槍口——總算瞄準了虎式戰車砲塔的偏上部。就是那裡，這樣就行了。

在我們的左前方，V－1爆炸後產生的黑煙熊熊竄升，彷彿是在象徵我心中的憤怒。

看到我們當著面停下車子——

『——Halt!（停車！）』

於是虎式戰車也停下來了。距離兩百公尺。以戰車規模來看，算是相當近的距離。

而88ｍｍ砲則是——

完全鎖定著我們。

從炮身的角度，我可以看出88ｍｍ砲的彈道。

對方的打算是二話不說地打爛我方車體正面的上部裝甲，讓我們四分五裂地飛散開來。

（……如果妳們有辦法讓它散落的話，那就試看看吧……！）

我——閉上眼睛。

利用爆發模式下的聽覺，透過通信器探查敵方的情況。

只要集中精神，現在的我甚至可以聽到人的呼吸聲與心臟跳動的聲音。如此一來，虎式戰車內部的景象也能浮現在我的腦海中。

然後，我要嘗試預測對方發射的時機。精密到零點零零一秒的程度。

去感受，感受那群傢伙放出的殺氣。抓住對方動手的瞬間，就像劍術高手一樣。

我緩緩睜開眼睛，面向重新指向前方虎式戰車的三十七釐米砲——

將肩膀靠在砲尾，把身體壓上去。

接著，瞄準。

不是瞄準虎式，是瞄準什麼都沒有的空中。

九五式輕戰車的炮臺構造比較特殊，是可以讓砲手用身體修正砲口上下左右的『肩負式瞄準機械』。

而這樣的構造，非常適合爆發模式。多虧如此……我一定可以做到……！

同時，我用膝蓋輕輕推了一下在下方的貞德肩膀。不只是對主砲，也對機關槍進行些微的修正。

貞德，妳從以前開始，就莫名對自己沒什麼自信。像之前在文化祭參加變裝食堂的時候，還有把我牽連到這個歐洲戰線的時候也一樣。

而從伊．U時代就認識妳的敵人，正是看準妳這個弱點，用那種歌打擊妳的心。

被那樣的詛咒纏身的妳，究竟有沒有辦法扣下機槍的扳機，或許是很驚險的一場賭注。

然而，武偵憲章第一條——同伴之間要互信互助。

我相信妳。我不會再懷疑同伴了。

我相信妳會信任我，打敗那詛咒的歌聲……扣下妳手中的扳機。

因為妳其實是個很強的女孩。我五月的時候，在武偵高中的地下倉庫，就深刻體認到這一點了啊。

來——我聽到伊碧麗塔準備發聲的呼吸聲——要來了！

「——發射啊，貞德！」

『——Feuer!（發射！）』

隨著我跟伊碧麗塔的叫聲，貞德的機關槍、虎式的主跑與九五式的主砲——

——在爆發模式下的超級慢動作世界中——

幾乎同時，但確實按照順序發射了。

排成一列朝空中飛去的，貞德的機關槍子彈。

描繪出一道拋物線、一邊旋轉一邊逼近而來的，宛如火球的88mm砲彈。

以及完全看穿這些軌道的我，發射的三十七釐米穿甲彈。

我的砲彈追上貞德灑向空中的子彈隊列——

在夜空中一顆接著一顆地碰撞，產生無數的火花。

——宛如「星座（Constellation）」一樣。

靠著與機槍子彈的碰撞，完成肩負式瞄準來不及做到的最後修正的三十七釐米穿甲彈——

鏘噹————————！

在空中用力撞上88mm砲彈。就好像從下方對它使出了一記反擊的上鉤拳。

時間的流動恢復正常後——

——咻！

在空中被三十七釐米砲彈彈開的88mm砲彈，像流星一樣劃過我們頭頂上——

——轟隆隆隆隆隆隆隆——！

最後掉落在國界前，發出劇烈的轟響與煙霧。

……成功啦！利用砲彈的彈子戲法——

要命名的話，就是「砲彈戲法」。

真是連我自己都不敢相信的招式啊。

雖然靠威力較弱的三十七釐米砲彈沒辦法彈飛88mm砲彈，不過還是可以靠撞擊偏移它的軌道。

而且這是一招必須靠機關槍輔助才有辦法成功的招式。畢竟砲彈飛來的速度幾乎是手槍子彈的兩倍，可是砲口又沒有辦法像手槍那樣迅速進行方向修正。所以最後必須要讓我方的砲彈追上先發射的機槍子彈，進行微量修正才行。而這次幫我做到這點的就是——

「遠、遠山……剛才、那是……」

睜大冰藍色的眼眸，抬頭看向我的美麗機槍手。

「很棒喔——貞德，妳真的是個很強的女孩。如果只有我一個人，現在這輛戰車應該就變成我們的棺材了啊。Merci（謝謝妳）。」

我對通信器中傳來魔女們『哇哇哇』的驚訝聲音露出苦笑，同時稱讚著貞德。

「要、要做還是做得到的呢……」

哎呀，我的臺詞被一臉呆滯的小島妹妹搶走啦。

「這只是簡單的數學計算啦。好啦，島，我們就戰略性推進吧。我們的勝利條件不是擊破敵方車輛，而是抵達比利時。畢竟如果要破壞那國寶級的虎式戰車，妳也不贊成吧？」

「沒錯的呢！能夠跟虎式戰車先生約會，真是我一生的回憶呢——嘿呀！」

島靠著華麗的履帶操縱技術，讓九五式快速原地回轉後，再次奔向國界的小河。

在不斷搖晃的戰車中，我感覺到貞德輕輕地……默默地……

「……」

捧起我的手，將柔唇貼在我的手背上。

就好像初代貞德．達魯克，對待創造奇蹟的上帝使者一樣。

我們穿越了寬度大約一公尺的河川後……

虎式戰車似乎總算放棄追擊，在河岸邊停下來了。發飆的伊碧麗塔長官聒噪地大吵大鬧起來。我看我還是把通信器拿掉好了。

接著，我們行進在比利時境內，就在快要抵達一條安靜的雙線車道時……

大概是因為過分激烈的駕駛，九五式的冷卻系統開始冒出裊裊黑煙。於是我們只好就此與它別過了。

——國界上雖然沒有設置柵欄或哨站之類的設施，不過光看道路標示就可以知道我們已經來到了另一個國家。

在車道上，中空知、梅雅以及手握方向盤的華生乘坐的一輛小型巴士前來迎接我們了。

當我們坐上那臺小型巴士後……

「我們就徹夜趕路，逃到比利時的首都——布魯塞爾吧。很遺憾，巴黎似乎遭到佩特拉率領的伊．U殘黨主戰派攻擊，駐守巴黎的師團成員陣腳大亂，已經逃到北方去了。現在布魯塞爾勉強還算師團的勢力範圍，不過……我想敵人的前線應該很快就會推進到那裡了。」

華生在我耳邊小聲說著——不久後便讓巴士開上高速公路。

（我雖然延遲了魔女連隊的義大利進攻行動，也找出了敵人的據點……）

然而戰果一點也不輝煌……

整體來說，歐洲戰線依然還是敵人占上風啊。

Go For The Next!!! 歌劇院的妖刕

隔天早上，小型巴士抵達了布魯塞爾。

布魯塞爾雖然同樣是法語圈，不過跟巴黎比起來是個小而精緻的城鎮。街上都是左右牆壁緊緊貼在一起的三～四層樓洋房，這樣的風景一路不斷延伸。從道路抬頭仰望的天空顯得狹窄，稍微給人有種壓迫感。

就在那樣宛如古代西洋故事的場景中……

中空知與島在布魯塞爾中央車站下了巴士，準備回國了。

雖然只讓她們兩人回去讓人有點擔心，不過聽說中空知跟島在華生的率領下，有到布魯塞爾武偵高中徹底參觀過通信科與車輛科的樣子。應該可以判斷她們的校外教學課題已經充分完成了吧？

這樣一來……就不需要讓跟極東戰役無關的那兩個人，繼續被捲入我們的私鬥之中了。

在這點上，算是讓我鬆了一口氣。

另外，也謝謝妳們啦，中空知，還有島。謝謝妳們什麼也沒說，就幫忙參加了危險的作戰。而且聽到我道謝，還分別笑著回應我「不，#嗚%咿%呀#」「幫助小隊的同伴本來就是應該的呢。」……讓我再次體認到，我們果然是小隊的同伴啊。

——最後留在布魯塞爾的，就只有貞德、梅雅、華生與我這些師團成員。

我們來到一間位於城鎮中心、與自由石匠有關係的飯店後……

被認為是男生的華生與我，以及身為女生的梅雅與貞德，分別住進了兩間房間中。

這間飯店……雖然外觀充滿童話故事的氣氛，不過內部倒是完全現代風格的都會飯店。

多虧如此，感覺可以過得很舒適啊。應該會是個不錯的寄宿場所吧。

就這樣，我透過華生補充完手槍子彈後，倒在床上呼呼大睡……

……等到睜開眼睛時，已經是夜晚了。嗚哇，我睡了整整十二個小時啊，簡直就像加奈一樣。

在房間的另外一張床上，華生正熟睡著。

啊～真是的，她睡覺的表情還真是可愛。

還好我的爆發模式已經解除了，要不然她這麼可愛，我搞不好都會往她臉頰上親一下了呢。真是傷腦筋。

「……」

一想到同一間房裡有華生在睡覺，就變得坐立難安的我……

決定到設置在飯店一樓的餐廳吃點什麼東西，而走出了房間。

結果在大廳……

「遠山。」

遇到了從洗手間的方向走過來的貞德。

「呦，貞德，早安……這樣講好像也很怪。對了，妳吃過晚餐了嗎？」

「……不，還沒。」

「之前在巴黎是妳請客，這次換我請妳吃一頓吧。這樣就互不相欠啦。」

進入飯店時就已經確認過這裡的餐廳價格便宜的我，用一點也不像平常的態度說出很慷慨的話。可是貞德卻露出有點困惑的表情後……

「既然這樣，我有間想去的店，follow me 吧。」

簡短地說出這樣一句話，便帶著我走出飯店了。

不妙……看來我自找麻煩啦。

要是她帶我去的店很貴的話，該怎麼辦啊？我身上可沒有像嘴上說的那麼多歐元哩。

比巴黎還要偏北的布魯塞爾雖然寒冷……但走在街上卻沒什麼感覺。主要是因為排列在街上的建築物，正好成了巨大的擋風牆。這樣的密集建築，原來也是為了避寒的一種智慧啊。

我心中想著這樣的事情，與貞德走在夜晚的石板道路上……

最後來到了一條比日本的街道還要昏暗而髒亂的小巷，感覺應該是繁華街的地方。

不知是因為復古還是單純因為老舊，這條路上到現在還在使用煤氣燈。

雖說是繁華街，但路上的行人並不多，顯得相當寂靜……對於綽號叫「陰沉男」的我來說，也算是不錯的氣氛啦。

因為已經入夜的關係，多半的店家都已經打烊。不過這裡還真是什麼店都有……而當中還在營業的，只有一家位於轉角的豪華劇場。

招牌上寫著『l' Opéra』──是我在加尼葉宮唯一學到的法文，也就是『歌劇院』。

「原來除了加尼葉宮之外，也可以稱為 l' Opéra 啊？」

「所有的歌劇院，都叫 l' Opéra 啦。」

「哦哦，這麼說來，妳在巴黎好像也告訴過我同樣的話。」

我跟貞德進行著簡短的對話……

總覺得今晚的貞德話還真少呢。

或者應該說，她從走出飯店之後就完全沒有講過話啊。該不會是還在生什麼氣吧？

雖然我覺得我跟貞德應該在盧森堡已經增加了對彼此的信賴度，但畢竟女人心是海底針。女性的感情就像貓咪的眼睛一樣，總是會忽然產生變化啊，例如：亞莉亞。

要是我隨便發言踩到她的地雷也不好，而且我天生就是很不擅長跟女生講話……因此我決定閉嘴跟著貞德走了。

就這樣，當我們走到歌劇院的轉角時——

「……遠山，抱歉。」

貞德的身影轉進轉角，同時不知道為什麼忽然用含淚的聲音對我如此說道。

……抱歉？

「妳在說什麼啦？」

我跟著追進轉角——

——不見了。

貞德就宛如煙霧般，消失無蹤了。

「……貞德？」

我不禁走在路上，東張西望地尋找她的身影……

——I gave you my music, made your song take wing. And now, how you've repaid me, denied me and betrayed me.（我給了妳我的音樂，讓妳的歌插上翅膀。而妳給我的回報，卻是拒絕跟背叛嗎？）——

從布魯塞爾的歌劇院中，傳來『歌劇魅影』的音樂與歌聲。感覺這間歌劇院好像不太注重隔音啊。

而就在歌聲進入高潮的時候——

——磅！鏘————！

幾乎同時傳來的開槍聲與中彈聲，擊碎了我腳前的石板路。

「……嗚！」

剛才那……震耳欲聾的槍聲，以及石板碎裂的程度。這不是普通的手槍子彈啊……！

我猜……應該是威力比能夠一擊斃掉巨熊或水牛的點四四麥格農彈還要強勁兩倍的——

點四五四 Casull 彈。而且掉在碎裂的石板旁、反射著光芒的彈頭，是中空彈。

那可是不管人類的頭殼還是身體，只要被擊中就會當場爛掉飛濺的子彈啊。

「……嗚……」

我的額頭頓時冒出冷汗。

槍聲——是從近距離的後上方傳來的。

在那裡有敵人。而我不知道為什麼被貞德帶到了這個地方。到這邊為止我還能明白。

但接下來的事情我就不懂了。我的腦袋拒絕繼續思考。

在這樣的狀況下，我的本能另外又清楚告訴了我一件事——

那就是敵人很快又會對我開槍。剛才那發子彈只不過是要讓我停下腳步罷了。

我最好不要輕舉妄動。要是陷入慌張，就會被射殺啦。

——殺氣——……！

感覺甚至讓空間扭曲的強烈殺氣，從我背後的斜上方陣陣傳來。

……敵人就在那裡。而且是我至今為止從未對戰過的類型。雖然感覺很類似超能力者或怪物，但不是；雖然帶有像金女或夏洛克那種劍術高手的殺氣，但也不是。真要形容的話，就是相當異質。這個敵人，是包覆了好幾層的異質存在。

「……」

我為了確認敵人的外貌，緩緩轉向身後……

吞嚥著口水，抬頭看向槍聲傳來的方向。

結果，在一盞高度五公尺的古老煤氣燈上——

一名全身漆黑的男子，屈起一邊的膝蓋坐在燈罩裝飾的部分。

黑色的——頭髮，以及將臉——跟我之前在歌劇院戴的面具剛好相反——遮住下半部的黑色衣領。看起來就像個忍者。

深黑色的靴子上，有好幾個銀色的扣環。

如果站立起來應該會覆蓋到膝蓋以下、同樣也是漆黑的長風衣。

就連呈現「Ｘ」字型綁在腰上的兩條腰帶，都是黑色的。

在腰帶上佩帶著一把霰彈槍。是溫徹斯特Ｍ１８８７，把槍身跟握把都削短的槍型。在日本可是會受到規制的槓桿式槍機。連扳機護指都被切掉，看起來極為適合實戰。

而他戴著露指手套的右手上握的，是一把霧黑色的蠻牛左輪手槍。八點三七五英寸槍管。他剛剛就是用那玩意射出那顆中空彈的嗎？

然而，這傢伙的危險性——並不是槍。

而是交叉揹在背上的兩把黑鞘日本刀。

那東西相當危險。雖然具體上的危險性我還不清楚，不過我的經驗跟直覺都感受到了這一點。

「……」

年齡大概跟我差不多、身材比我稍微健壯一點的那傢伙……

默默地從上方俯視著我。

即使有一半的臉被遮住了……但很明顯是個**東洋人**。

在全身漆黑的外觀中，可以說唯一帶有色彩的——

就是那傢伙的右眼。

只有他的右眼——像孫一樣發出深紅色的光芒。然而，應該不是什麼雷射。

那光芒更濃、更暗，而且更充滿不祥的感覺。

另外，還有一點。從他的眼神就可以知道。那是……有殺過人的眼神。

「……是眷屬的……尖兵嗎？你是誰？」

我耐不住沉默的緊張感，而開口質問後——

「誰也不是。」

他回答了。聽得懂日文，而且發音標準。是個日本人啊。

好，金次啊，別害怕。不管什麼內容，總之先開口說話吧。然後，也要讓對方說話。為了多少掌握這個情報過少的狀況。

「你……個性還真扭曲啊。你那打扮，用理子語來說的話，就是『中二病』沒錯吧？」

聽到我這個想到什麼就說什麼的話題……

「峰理子應該不在這裡。」

對方用被布料遮住而顯得模糊的聲音如此回應。

原來如此。對方已經調查清楚我方的狀況了嗎？

這下我可以確定了。

這傢伙是——『妖刕』。

也就是眷屬的傭兵——妖刕與魔劍的其中一人。一定不會錯。

「居然用那種大到誇張的手槍，還使用中空彈，這下我可不能保持沉默了。給我拿出你的配槍許可證。」

我擺出身為武偵的態度如此說道後……

「不要用無聊的話激怒我，我已經看到了。」

「看到……？看到什麼？」

「多到讓我傷腦筋啊。足足有六十五種百分之百。」

「所以我就說，你看到什麼了啦？」

「殺死你的方法。」

殺死我的……方法……？

我不禁皺起眉頭，而全身漆黑的『妖刕』則是——

抬起頭，仰望布魯塞爾的狹窄夜空：

「——好月亮。那就是你這輩子最後的明月了，給我好好欣賞吧。」

語畢，將手槍收回黑色皮革製的大腿槍套後，將手放到——

我認為最危險的雙刀上。

接著再度把視線落在我身上。他要出手了。

「再怎麼用言語交流，能知道的事情也不多。既然要交流，就應該用這玩意吧？」

妖刕「鏘鏘」地拔起雙刀後——

「我首先就用百分之五十來對付你。三分鐘。」

「什麼……什麼三分鐘啦！」

——搞什麼……！

「三分鐘後，你就會死了。」

——這傢伙到底是何方神聖啊……！

Go For The Next!!!

後記

呀喝～！我是爬完白朗峰（搭纜車）回來的赤松！

這次是小說第十五集、漫畫版第八集與緋彈的亞莉亞AA第六集同時發售。

真是夏天的慣例，亞莉亞祭典呢！敲打太鼓的我也超開心啊！

好啦，這次的後記是久違的『緋彈的亞莉亞Q&A單元』喔。

Q：『請問金次的爆發模式究竟有哪些種類呢？』

從第一集開始，大家就很熟悉的爆發模式。其實這是金次自己創造的詞彙，在醫學上來講是被稱為『Hysteria Savant Syndrome（情緒爆發學者症候群）』的一種特殊體質。

雖然在這一集中，金次幾乎都只有讓普通的『基本爆發（Normale）』發作而已，不過確實在整部作品中，還有出現過其他幾個類型的亞種。

首先，是加奈，也就是金一曾經展現過、瀕臨死亡的時候會發作的『垂死爆發（Agonizante）』。

當自己的女性快要被敵人搶奪時會發作的『狂怒爆發（Barse）』，雖然可以發揮出基本爆發一點七倍的效果，但如果讓血流完全流遍全身，思考方式就會徹底傾向攻擊。算是一種優劣各半的招式。

經歷過狂怒爆發而會發動的『王者爆發（Regalmente）』，以動物來比喻的話，就是當認定為自己群落的女性中有一人被消滅，就會發揮基本爆發一點二倍的效果，而且能夠累乘計算。

在『Cast Off Table』中金次用過的『賢者爆發（Wiseman）』，真要說起來應該是像後遺症一樣的東西……戰鬥力全失，取而代之的是對女性不會產生興奮。實在是很難找到機會使用的招式。

各位讀者——就請祈禱金次以後不會再被逼到要使用狂怒爆發或王者爆發吧。哎呀，雖然那也是筆者擅自決定的事情啦！

接下來，就是有關本篇故事的劇情洩漏了……

在這一集中登場的神祕男子——『妖刕』，其實是從筆者在電擊文庫好評發售中的另一部作品『やがて魔剱のアリスベル（目前第三集）』前來客串登場的主角喔。

金次雖然這次遭遇到如此強勁敵人的奇襲——不過武偵是會以牙還牙的。這筆帳，未來的金次應該會在下個月預定出版的『やがて魔剱のアリスベル　ヒロインズ・アソート』中徹底奉還喔。敬請各位讀者期待那邊的劇情吧！

那麼，下一次──我們就等到巴黎的白天變短的時期，在書店再相會吧。

二〇一三年八月吉日　赤松中學

恭賀第15集發售！
這次是孫小妹妹登上封面喔！
請問各位覺得如何呢？
這一集的金次也是很受異性歡迎呢。
真是人氣王金次。
我在畫卡羯的時候忽然想到，
「緋彈的亞莉亞」作品中，
指定妹妹頭髮型的角色還真多啊。
是赤松老師的喜好嗎？
希望有機會可以問問看。
那麼，下次再見囉！

浮文字

緋彈的亞莉亞(15) 咢與銀冰

(原名：緋弾のアリアXV 咢と銀氷(コンステラシオン))

作者／赤松中學　封面插畫／こぶいち　譯者／陳梵帆
發行人／黃鎮隆　協理／陳君平
總編輯／洪琇菁　國際版權／林孟璇
執行編輯／呂尚燁　美術主編／李政儀
企劃宣傳／邱小祐
出版／城邦文化事業股份有限公司　尖端出版
台北市中山區民生東路二段一四一號十樓
電話：(〇二)二五〇〇七六〇〇　傳真：(〇二)二五〇〇二六八三
E-mail：7novels@mail2.spp.com.tw
發行／英屬蓋曼群島商家庭傳媒股份有限公司城邦分公司　尖端出版
台北市中山區民生東路二段一四一號十樓
電話：(〇二)二五〇〇—七六〇〇(代表號)
傳真：(〇二)二五〇〇—一九七九
北部經銷／祥友圖書有限公司
電話：(〇二)八五一二—三八五一
傳真：(〇二)八五一二—四二五五
中部經銷／高見文化行銷股份有限公司
電話：〇八〇〇—〇五五—三六五
傳真：(〇二)二六六八—六二二〇
雲嘉經銷／智豐圖書股份有限公司　嘉義公司
電話：(〇五)二三三—三八五二
傳真：(〇五)二三三—三八六三
南部經銷／智豐圖書股份有限公司　高雄公司
電話：(〇七)三七三—〇〇七九
傳真：(〇七)三七三—〇〇八七
一代匯集／香港九龍旺角塘尾道六十四號龍駒企業大廈十樓B&D室
電話：(八五二)二七八三—八一〇二
傳真：(八五二)二七八二—一五二九
馬新總經銷／城邦(馬新)出版集團　Cite(M)Sdn.Bhd.
E-mail：Cite@cite.com.my
大眾書局(新加坡)　POPULAR(Singapore)
E-mail：feedback@popularworld.com
大眾書局(馬來西亞)　POPULAR(Malaysia)
E-mail：popularmalaysia@popularworld.com
法律顧問／通律機構
台北市重慶南路二段五十九號十一樓
二〇一四年一月一版一刷
二〇一五年六月一版二刷

■中文版■

郵購注意事項：
1. 填妥劃撥單資料：帳號：50003021戶名：英屬蓋曼群島商家庭傳媒(股)公司城邦分公司。2. 通信欄內註明訂購書名與冊數。3. 劃撥金額低於500元，請加附掛號郵資50元。如劃撥日起 10～14日，仍未收到書時，請洽劃撥組。劃撥專線TEL：(03) 312-4212 ・ FAX：(03) 322-4621。E-mail：marketing@spp.com.tw

國家圖書館出版品預行編目資料

緋彈的亞莉亞 / 赤松中學 著 ; 陳梵帆 譯.--1版.
--臺北市：尖端出版, 2009.10
面 ; 公分.--(浮文字)
譯自:緋弾のアリア
ISBN 978-957-10-5448-3(第15冊：平裝)

861.57　　98014545